Christine Schurr

Münsterturm

Christine Schurr

Münsterturm

Roman

Silberburg-Verlag

Christine Schurr kam 1978 in Ulm zur Welt, wo sie auch aufgewachsen ist. Sie studierte Europäische Ethnologie und Geschichte in Augsburg. Nach zwei Auslandssemestern in Wien und Maynooth (Irland) ging sie nach Berlin. Dort sammelte sie auch erste schriftstellerische Erfahrungen in einer engagierten Schreibgruppe. Heute wohnt sie wieder in ihrer Heimatstadt und genießt dort die Nähe zu ihrer Familie, das Flair, die Natur und die kurzen Wege.

Für Renate

1. Auflage 2015

Umschlaggestaltung: Anette Wenzel, Tübingen,
unter Verwendung einer Fotografie aus dem Privatarchiv
von Johannes Trepulka, Konstanz.
Lektorat: Gertrud Menczel, Böblingen.
Druck: Gulde-Druck, Tübingen.
Printed in Germany.

ISBN 978-3-8425-1432-4

Prolog

1952

Der Wind fährt durch meine Haare. Den salzigen Duft des Ozeans ziehe ich genussvoll in die Nase. Ich bin noch nie am Meer gewesen, geht mir durch den Kopf. Zusammen mit vielen anderen Menschen warte ich darauf, das französische Festland zu verlassen und auf die Insel zu fahren. Meine Hände überprüfen noch einmal das Vorhandensein der Bordkarte, streifen über das glatte Papier der Informationsbroschüre. Eigentlich ist das, was ich als Meer empfinde, ein Kanal und an seiner schmalsten Stelle nur 34 km breit. Ich kann mich kaum erinnern, wann ich das letzte Mal gereist bin. Es war noch während der Schulzeit, eine Klassenfahrt nach Straßburg. Das war vor dem Krieg. Wie in einem anderen Leben. Und nun bin ich auf dem Weg in seine Heimat. Ich werde seine Eltern kennen lernen, seinen alten Weg zur Schule, seinen Lieblingsplatz unter dem bestimmten Apfelbaum. Ein wenig fürchte ich mich vor diesen Erlebnissen. Obwohl ich sie mir gewiss tausend Mal vorgestellt habe, natürlich unter völlig anderen Voraussetzungen. Es wird anders sein als in meinen Träumen, aber ist es das nicht immer? Da kommt Bewegung in die Menschenschlange. »Votre billet s'il vous plaît, Madame!« Es geht los.

Ah, was für eine Aufregung. London wollte ich schon immer einmal sehen, aber nun, da ich hier bin, ist es schon eine Herausforderung, den Zug zu wechseln! So viele Menschen, einfach unglaublich! Es ist geschafft, nun sitze ich im halb leeren Abteil und mein Gepäck ist gut verstaut. Mein Buch von E.T.A. Hoffmann liegt unaufgeschlagen auf meinem Schoß. Alles ist so neu und spannend, dass ich vorerst keine Geduld zum Lesen aufbringen kann. Die Landschaft sieht anders aus als in Deutschland. Ich versuche, jeden Eindruck in mich aufzunehmen und nicht an ihn oder an die bevorstehenden Ereignisse zu denken. Dazu stelle ich mir vor, dass ich auf Studienreise bin. Es gilt, die Küstenstädte von Mittelengland zu bereisen und Schätze der Grafschaft Lancashire zu entdecken. Meine beiden Mitreisenden nehme ich kaum wahr, bis der ältere Herr mich anspricht.

»Are you from Germany?«

Ich habe das Gefühl, bei etwas Verbotenem ertappt worden zu sein, und werde rot. Da ich nicht gleich antworten kann, deutet er auf mein Buch.

»›Der goldene Topf‹. It's German, isn't it?«

Erleichtert nicke ich. »Yes. Do you speak German?«

»Well, a little. I had some German courses many years ago, in college. Ich spreche Deutsch nicht sehr gut«, fügt er lächelnd mit einem angenehmen Akzent hinzu.

Nun fühle ich mich etwas sicherer und erwidere sein Lächeln. Ein kleiner Rest Zweifel bleibt bestehen. Er wird doch nicht über den Krieg reden wollen? Mein Mitreisender scheint weniger reserviert gegenüber Deutschen zu sein, als ich es gewohnt bin.

»So you are here for a holiday?« Es scheint mehr eine Aussage als eine Frage zu sein.

»Yes. I am going to visit friends.«

»Ah, I see. Have you been to England before?«

Ich antworte mit einem schlichten »No.«

So schnell gibt er allerdings nicht auf. »And are you travelling alone?«

»Yes.« Ich versuche meine Unsicherheit hinter einem weiteren Lächeln zu verbergen.

»Are you married?«

»Not yet, but I will be soon.«

»So your fiancé ...« – er macht den Anschein, als sollte ich eine Lücke füllen, also nenne ich ihm seinen Namen.

»Walter.«

Er wiederholt, aber spricht den Namen englisch aus: »Walter. He did not want to come with you?«

»I had to do this journey on my own«, antworte ich und wundere mich über meine Offenheit gegenüber diesem Fremden.

Als wäre ihm seine Neugierde erst jetzt bewusst geworden, nickt mein Gesprächspartner nur und schweigt fortan. Ein Blick in meinen Reiseplan sagt mir, dass es noch etwa eineinhalb Stunden bis Preston sind. Dort muss ich umsteigen, um nach Blackpool zu gelangen. Für heute wird in diesem Küstenort meine Reise vorerst enden. Von Deutschland aus wurde für mich ein Zimmer in einer kleinen Pension gebucht. Den kurzen Teil der verbleibenden Strecke werde ich morgen bewältigen.

Als der Zug das Reiseziel des älteren Herrn erreicht, nimmt dieser seinen handlichen Koffer und verabschiedet sich von mir. »I wish you a pleasant journey, Miss. One that will exceed all your expectations.«

Eine Reise, die all meine Erwartungen übertreffen soll, übersetze ich im Stillen. An diesem Punkt der Fahrt kann ich mir selbst kaum ehrlich beantworten, welche Hoffnungen mit ihr verbunden sind.

Für diese Unternehmung hatte ich mir ein Tagebuch gekauft. Um meine Gedanken und Erlebnisse festhalten zu können. Im Nachtzug durch Frankreich gab es keine Gelegenheit dazu und nun, da ich auf dem Bett in dem Pensionszimmer sitze, scheint diese gekommen zu sein. Nur mag mir nichts einfallen. Mein Kopf ist leer und ich fühle mich von der langen Reise erschöpft.

Womöglich ist es auch der Schwur in meinem Hinterkopf, nie mehr Tagebuch schreiben zu wollen.

Die Herbergsmutter war sehr freundlich zu mir. Nachdem sie mir zu später Stunde etwas zum Abendessen gezaubert hatte, ließ ich mir von ihr nochmals die Abfahrtszeit des Busses nach Fleetwood bestätigen. 8:50 a. m.

»Tell the driver in which street he should drop you off!«, schreit mir die Herbergsfrau hinterher, als ich bereits ein gutes Stück die Straße entlanggegangen bin. Der Bus wartet schon an der Haltestelle. Ich nenne mein Ziel und kaufe mir ein Ticket. Es sind bisher wenige Leute im Bus und ich kann für mich allein eine Zweierreihe belegen. Die meisten Menschen sind an diesem Freitagmorgen längst bei der Arbeit, vermute ich. Zu aufgewühlt, um ein Frühstück zu mir zu nehmen, hatte ich mir nur einen Apfel von dem lecker angerichteten Büfett genommen. Nachdem ich nun nur noch im Bus warten muss, kann ich dem Anblick nicht mehr widerstehen und ich versuche, jeden Bissen des angenehm säuerlichen Apfels zu genießen. Die Fahrtzeit verfliegt im Nu und ich fühle mich geradezu überrumpelt, als der Fahrer stoppt und im Rückspiegel mein Gesicht anvisiert. Es ist schon meine Haltestelle. Eilig suche ich mein Gepäck zusammen, murmele ein Dankeschön in Richtung Fahrer und stehe damit auf der Straße, den abfahrenden Bus in meinem Rücken. Nervös suche ich in meiner Handtasche nach dem Zettel mit der Adresse. Bloß: Wem mache ich hier eigentlich etwas vor, meldet sich eine Stimme in meinem Inneren. Natürlich kenne ich die Hausnummer. Mein Blick wandert zu dem Haus, das direkt vor mir steht. Nein. Es muss ein Stück weiter die Straße hinab sein, erfasse ich und schelte mich gleichzeitig wegen dieses offensichtlichen Gedankens. Meine Beine fühlen sich schwer an wie Blei, dennoch setze ich mich in Bewegung. Von meiner Umgebung nehme ich kaum etwas wahr, bis meine Augen meinem im Moment allzu trägen Gehirn eine Bewegung melden. Etwa 20 Schritte entfernt von mir ist eine Frau an ihr Gartentor getreten und sieht mir entgegen. Stoisch setzte ich meinen Weg fort, aber mein Herz klopft nun so schnell, dass ich das Gefühl habe, im nächsten Moment umzufallen. Doch meine Beine tragen mich weiter, bis zum Gartentor.

»Ich habe den Bus vorbeifahren hören.« Sie lächelt mich an. »Du musst Lena sein. Herzlich willkommen in Fleetwood.«

Ich möchte antworten, bin aber viel zu überwältigt. Die Wangenpartie und diese Augen, das ist er, der da zu mir spricht! Aus einem Impuls heraus überwinde ich die letzten Schritte und umarme seine Mutter, so fest ich kann. Eine große Zuneigung zu dieser Frau, die ich noch nie zuvor gesehen habe, durchströmt mich und hält mich davon ab, sie wieder loszulassen. Nach einer unendlichen Weile befreit sie sich behutsam aus der Umarmung und führt mich ins Haus. Ich bin sichtlich immer noch nicht wieder ganz bei mir, daher platziert sie mich ohne viele Worte auf der Wohnzimmercouch. Im Stillen danke ich ihr für das entgegengebrachte Verständnis.

»Ich habe uns Tee gemacht. Auf dem Tisch stehen Cookies, bedien dich!«, ruft sie mir aus der Küche zu.

In ihrer Abwesenheit versuche ich wieder einen klaren Kopf zu bekommen und sehe mich um. Es ist ein nicht allzu großes, mit alten Möbeln eingerichtetes Zimmer. An einer Wand hängen Familienfotos in Schwarzweiß, auf denen ich aber von meiner Position aus kaum etwas erkennen kann. Das Fenster gibt einen Ausschnitt auf den Garten frei, der sich hinter dem Haus befindet. Das ist also das Heim von Irene und Marc Avendor. Irene. Eine Deutsche, die vor 38 Jahren den Engländer Marc geheiratet hat. Die Denkpause ist vorüber, als Mrs. Avendor mit zwei dampfenden Tassen Tee durch die Tür kommt und mir eine davon in die Hand drückt.

»Ich bin so froh, dass du da bist, Liebes!«, meint sie und setzt sich mir gegenüber auf einen Sessel. »Jetzt erzähl mal, wie war deine Reise?«

Kapitel 1

1938

Die restliche Fahrzeit war zu kurz gewesen, um mir die neue Situation noch einmal zu vergegenwärtigen, bevor es mich wieder in die nur allzu vertraute Umgebung führte. Meine Freundin Luise war in Günzburg ausgestiegen und die Zeit seit der Abfahrt am Münchner Hauptbahnhof war durch ihre humorvolle Unterhaltung geradezu verflogen. Wie oft waren wir in den vergangenen drei Jahren diese Strecke gefahren, überlegte ich. In München hatten wir uns ein kleines Zimmer geteilt und versucht, alles über Fotografie zu lernen, was unsere Köpfe und Finger fassen konnten. Zu Ferienbeginn wurden dann immer schleunigst die Koffer gepackt, um nach Hause zu den Eltern zu fahren.

Vor zwei Tagen wirkte unser Professor sonderbar feierlich, als er uns viel Glück für die Zukunft wünschte und uns die Hand zur Bestärkung drückte. Ich war unglaublich gespannt auf die kommende Zeit – endlich Gelegenheit, all das Gelernte mit viel Kreativität selbst umzusetzen! Nun zurückzukommen, nicht mehr als Schülerin, sondern als selbständige junge Dame, die bald mit zum Familienunterhalt beitragen konnte, war schon etwas Besonderes. Unfreiwillig musste ich selbst über mich schmunzeln.

Der Zug ruckelte noch einmal und kam dann zum Stehen. Ulm Hauptbahnhof. Ich wollte nicht von meiner Familie abgeholt werden, da sie alle auch am Samstag viel zu tun hatten. Daher bahnte ich mir meinen Weg durch die vielen Leute im Bahnhofsgebäude, ohne nach einem bekannten Gesicht Ausschau zu halten. Es war strahlendes Wetter und ich überlegte mir, nicht gleich auf direktem Weg in die Büchsengasse zu gehen. Der schwere Koffer und die Wiedersehensvorfreude ließen mich diesen Gedanken aber wieder verwerfen. Ich schlug den gewohnten Weg in die Kelterngasse ein. Heute war Markttag und die ganze Stadt schien auf den Beinen zu sein. Frauen mit Kopftuch, Kinder an Hand und Rockzipfel, begegneten mir mit prall gefüllten Einkaufskörben auf ihrem Heimweg. Ob der Einkauf für das Sonntagsessen geplant war? Ein Mann auf dem Fahrrad fuhr knapp an mir vorbei und zwang mich, mehr auf meine Umgebung zu achten, anstatt ans Essen zu denken.

Beim Einbiegen in unser Gässchen holte ich noch einmal tief Luft – es duftete herrlich nach Sommer! Die letzten Meter begann ich zu laufen. Unser Nachbar Schanzenmeier war wie gewöhnlich vor der Haustür anzutreffen. Er reparierte allerhand nützliche sowie unbrauchbare Dinge und beobachtete dabei die Passanten.

»Ja, Fräulein Magda! Sind Sie auch mal wieder zuhause?«

Insgeheim ärgerte ich mich über seine dumme Art, aber ich erwiderte mit einem Lächeln: »Von jetzt an wieder öfter.« Bevor er eine Chance bekam, weitere Fragen zu stellen, war ich schon in unserem Hauseingang verschwunden.

Mich empfingen Geräusche aus der Küche. Meine Mutter stand mit Schürze und mehlbefleckten Armen mit dem Teig kämpfend am Tisch. Das wurde ihr berühmter Hefezopf, freute ich mich und umarmte sie herzlich von der Seite. Da sie sich nicht wehren konnte, drückte ich ihr gleich noch einen Kuss auf die Wange. Mama mochte derlei Gefühlsbezeugungen nicht.

»Kind, bist ja schon da und der Teig ist noch nicht mal im Ofen.«

»Das macht nichts. Wo ist denn der Jakob?«

»Oben ist er in seiner Stube und liest.«

»Ich werde dir gleich helfen, Mutter. Ich bring nur schnell den Koffer nach oben.«

Kaum war das Gepäck verstaut, schlich ich mich in Jakobs Zimmer. Mein Bruder saß sichtlich in seine Lektüre vertieft in einem Stuhl am Fenster. Er bemerkte mein Eintreten erst, als ich direkt vor ihm stand. »Schwesterlein.«

Er strahlte über beide Ohren und ich drückte ihn kräftig.

»Du lernst jetzt also auch in den Ferien?«, zog ich ihn auf.

»Das ist auf jeden Fall besser, als Vater in der Werkstatt zu helfen.«

»Wie hast du es denn geschafft, dich überhaupt davonzustehlen?«

»Na ja, du weißt, dass ich nicht besonders geschickt bin.« Er versuchte abzulenken. »Aber jetzt zu dir, wie war die Abschlussfeier?«

»Sehr schön. Die Luise hat uns beiden zwei todschicke Kleider genäht. Wir waren vielleicht fesch, sag ich dir.«

Er schmunzelte vieldeutig und meinte schlicht: »Das kann ich mir vorstellen. Und sonst?«

»Und sonst bin ich jetzt amtlich anerkannte Fotografin, hab es schwarz auf weiß. Ich werde Fotografien von ganz Ulm anfertigen. Sämtliche Menschen, Architektur, Kunst …« Innerlich wuchs ich um Zentimeter, aber ich kam nicht dazu, meine Fantasien weiterzuführen. Meine stolze Aufzählung wurde jäh von meinem Bruder unterbrochen: »… falls du eine Anstellung bekommst.«

»Ich finde schon was!« Mit gespielter Kränkung verließ ich sein Zimmer, um auch noch meinen Vater in der Werkstatt zu begrüßen.

Mit meinem Vater war es etwas Besonderes. Er war sehr streng zu uns Kindern gewesen – war es eigentlich immer noch. Und doch hatte er mir die Ausbildung in München ermöglicht. Als ich vor ungefähr vier Jahren meinen Eltern gegenüber den Wunsch, Fotografin werden zu wollen, äußern sollte, hatte ich furchtbare Angst. Im Geist ging ich an die hundert Möglichkeiten durch, wie sie reagieren könnten. Letztendlich kam es natürlich ganz anders. Meine Mutter blieb still und auch von Vaters Seite kam kein befürchteter Vortrag. In aller Ruhe meinte er, dass er sich die Sache überlegen müsse, und damit war das Gespräch beendet.

Als Backfisch von fünfzehn Jahren hatte ich von Großpapa eine altmodische Fotokamera geschenkt bekommen. Ihr Ursprung war nicht wirklich bekannt – Opa hüllte sich dabei in Schweigen, als ob die Kamera ein Geheimnis bergen würde. Dabei funktionierte sie gar nicht mehr. Meine Mutter vermutete, ein Gewinn beim Kartenspiel. Doch ich war überglücklich über dieses Geschenk. Damals begann ich jeden Winkel der Stadt nach Motiven zu erkunden und ich »fotografierte«. Natürlich nicht wirklich, aber für mich war es echt.

Mein Vater folgte mir auf einem meiner Streifzüge, nachdem er von meinem Berufswunsch erfahren hatte. Ich bemerkte ihn etwa nach den ersten zehn Minuten, aber er blieb für weitere zwei Stunden dicht bei mir. Leider wusste ich nicht, was in der Zeit, in der er mir folgte, in ihm vorging. Zwei Tage später kam er zu mir und erklärte mir seinen Plan.

Er wollte seinen Mitarbeiter entlassen und fortan alleine die Arbeit in der Werkstatt erledigen. Der Lohn, der damit eingespart werden würde, sollte meiner Ausbildung dienen.

»Du sollst auf die gute Schule in München gehen. Wir werden dir dort ein Zimmer besorgen müssen. Ich habe gestern mit der Schulleitung gesprochen und einer Aufnahme würde nichts im Wege stehen, sobald wir das Anmeldeformular ausgefüllt und das Schulgeld bezahlt haben.«

Ich war beschämt, wollte dieses sämtliche Luftwege einengende Angebot nicht annehmen, doch gleichzeitig wusste ich, dass ein Widerspruch sinnlos gewesen wäre. Mein Vater hatte seine Entscheidung gefällt und daran war nichts mehr zu rütteln. Also fiel ich ihm einfach um den Hals.

Im darauf folgenden September begann ich die Schule. Da ich wusste, welches Opfer mein Vater für meine Ausbildung auf sich nahm, gab ich mein Bestes, eine ausgezeichnete Schülerin zu sein.

Das war die drei Jahre über gelungen. Doch nun kochte es innerlich in mir. Eigentlich hatte ich gehofft, meinen Abschluss an der Münchner Fotoschule auch im Kreis meiner Familie feiern zu können. Der Abend fing sehr harmonisch an. Mutter hatte meinen heiß geliebten Hefezopf gebacken. Ich hatte mir Mühe gegeben, den Tisch feierlich zu decken und mit Blumen zu schmücken. Jakob kam in seinem Sonntagsanzug zum Essen herunter und ich freute mich so sehr an meinem Bruder, der immer um die kleinen Gesten wusste, die mich zum Lächeln brachten. Nur mein Vater war sich der Feierlichkeit des Abends offensichtlich nicht bewusst, da er, kaum hatte ich einige Anekdoten über meine Ausbildungszeit erzählt, mit seiner Neuigkeit herausplatzte.

»Ich habe meinen Cousin in Ersingen gebeten, dass er einen Antrag auf eine Hilfskraft in seiner Landwirtschaft stellen soll. Dann kannst du dort deinen Reichsarbeitsdienst ableisten.«

»Tut mir leid, aber ich kann den Sinn dahinter nicht sehen, wieso ich als ausgebildete Fotografin noch ein Jahr in der Landwirtschaft arbeiten soll, anstatt mir eine Arbeitsstelle in meinem Beruf zu suchen!«, platzte ich empört heraus.

»Es ist eine Ehre, dass du der Volksgemeinschaft mit deiner Arbeit dienen kannst. Körperliche Arbeit hat noch keinem geschadet. Und als Fotografin kannst du ja dann später immer noch arbeiten.«

Damit war das Thema für ihn beendet und er wendete sich wieder an meine Mutter, um sich nach dem Kaffee zu erkundigen. Ich saß konsterniert auf meinem Stuhl und vergaß dabei sogar, beim Abräumen zu helfen.

»Wieso hast du Magda eigentlich diese besondere Ausbildung ermöglicht, wenn sie nun erst einmal ein Jahr in der Landwirtschaft arbeiten soll?«, meldete sich plötzlich Jakob zu Wort.

Mein Vater war sichtlich überrascht über die Einmischung meines Bruders, denn er antwortete nicht sofort.

»Ich wollte Magda diesen Wunsch erfüllen, denn es schien mir, als würde sie nur das Fotografieren glücklich machen. In ihrem Kopf waren lauter Bilder. Aber ein junger Mensch muss auch lernen, sich in die Gemeinschaft einzufügen. Und ich begrüße die Einführung des Reichsarbeitsdienstes auch für Frauen, da sie ebenfalls mit ihrer Arbeitskraft unserem Volk und unserem Führer dienen können. Du wirst sehen, wie schnell das Jahr vergehen wird. Und dann schätzt du bestimmt die Erfahrungen, die du dabei machen konntest«, sagte er, nun an mich gewandt.

Ganz bestimmt, dachte ich mir innerlich. Kaffee und Hefekuchen konnte ich nicht mehr genießen.

Erst im Februar dieses Jahres war der Reichsarbeitsdienst auch auf unverheiratete Frauen unter 25 Jahren ausgeweitet worden. Natürlich war mir das in den letzten Monaten bewusst gewesen, aber irgendwie hatte ich trotzdem gehofft, dem Ganzen zu entkommen.

Luise würde ja bald ihren Gerd heiraten und war erst gar nicht vor das Problem gestellt. Ich werde trotzdem meine Arbeitsproben Herrn Reicher zukommen lassen, dachte ich trotzig. Nur um meine Möglichkeiten auszuloten.

Kapitel 2

Mein Blick streifte noch einmal prüfend über meine Mappe mit den Arbeitsproben. Der Sitz meines Kleides hielt meinen kritischen Augen stand und so machte ich mich auf den Weg in das Fotogeschäft von Herrn Reicher.

Ein Schild mit der Aufschrift »So arbeitet Foto Reicher« zeigte auf Fotos im Schaufenster. Da ich einen Moment benötigte, um mein flatterndes Herz zu beruhigen und meinen wackligen Knien nicht zu viel Aufmerksamkeit zu schenken, betrachtete ich den Inhalt des Schaufensters. Ich blickte auf eine Serie von Hochzeitsbildern. Aber ich merkte, wie meine Aufmerksamkeit nicht bei den Fotos lag, einzig bei dem Gedanken, was dieser von mir bewunderte Fotograf zu meiner Arbeit sagen würde.

Die Frau hinter der Theke sah bei meinem Eintreten auf und fragte lächelnd, wie sie mir helfen könne.

»Magdalena Jörger. Ich habe einen Termin bei Herrn Reicher.«

»Ah, ja, das Fräulein Jörger. Herr Reicher wartet hinten im Atelier auf Sie. Bitte hier durch.«

»Mhh«, er nickte anerkennend. »Sehr schöne Arbeit. Mir gefällt Ihr Stil.«

Es schien mir, als wäre ich schon Stunden in diesem Atelier, während Herr Reicher meine Mappe in Augenschein nahm, dabei konnten nur wenige Minuten vergangen sein. Nach der knappen Begrüßung hatte er gleich meine Arbeitsproben sehen wollen, ohne sich von einem Gespräch ablenken zu lassen. Das war mir eigentlich recht gewesen, da sich meine Nervosität schlecht verbergen ließ.

»Könnte ich mich bei Ihnen melden, sobald mein Jahr im Reichsarbeitsdienst abgeleistet ist?«

»Ja, ich bitte darum. Ich kann Ihnen natürlich nichts versprechen. Wer kann schon sagen, wie die Geschäftslage in einem Jahr aussehen wird. Aber kommen Sie auf jeden Fall wieder hier vorbei.«

»Vielen Dank. Auch für Ihre Meinung zu meiner Arbeit. Für einen Neuling wie mich bedeutet das sehr viel.«

Ich verabschiedete mich mit einem guten Gefühl im Bauch. Natürlich bedauerte ich es, dass ich nicht sofort in einen weißen Kittel schlüpfen und bei ihm im Atelier mitarbeiten konnte. Und wenn es auch erst nur eine kleine Stelle wäre, würde mich das sehr freuen. Das Bedauern half nichts, daher versuchte ich, einfach nur heiter über den guten Ausgang des Termins zu sein.

Auf dem Nachhauseweg kaufte ich für Mutter eine Blume, ohne besonderen Grund. Vielleicht weil ich nicht mit leeren Händen nach Hause kommen mochte. Doch ich kam in ein verlassenes Haus. Jakob war wohl in der Bibliothek, mein Vater in der Werkstatt und Mutter um diese Zeit noch beim Reinemachen in einem vornehmen Haushalt. Ich stellte die Blume ins Wasser und machte mich ans Kochen.

Als ich mit dem Tischdecken begann, kamen die restlichen Familienmitglieder zurück. Beim Essen erzählte ich so nebensächlich wie möglich von meinem Besuch im Fotoatelier. Ich befürchtete, den Unmut meines Vaters auf mich gezogen zu haben, doch er nickte nur, als ich geendet hatte. Jakob freute sich für mich und klopfte mir auf die Schulter.

»Dein erster Auftrag ist dir so gut wie sicher.«

»Ich hoffe, du behältst recht«, entgegnete ich weniger zuversichtlich.

Meine Mutter und ich spülten das Geschirr ab.

»Lass uns ein wenig Musik hören«, rief ich meiner Mutter zu und war damit auch schon am Radiogerät. Es dauerte eine Weile, bis ich eine Musiksendung fand, denn ich wollte das Gerede nicht hören.

»Oh, ich finde diese Herren von der Regierung schrecklich! Wieso müssen die in ihren Reden immer so schreien? Denken die, das Volk wäre schwerhörig? Ich kann gar nicht verstehen, dass Vater von denen so begeistert ist.« Ich verdrehte die Augen und meine Gedanken schweiften zurück zu jenem »Tag der deutschen Kunst«, den ich in München miterlebt hatte.

Luise und ich hatten wenigstens einmal die Feierlichkeiten zu diesem Tag erleben wollen und drückten uns durch die Menschenmenge, um einen Blick auf den Umzug erhaschen zu können. Enttäuscht stellten wir fest, dass es sich nicht lohnte, dafür sich die Füße in den Bauch zu stehen. Es war nur eine pompöse Selbstdarstellung und die zur Schau gestellten Skulpturen gefielen mir überhaupt nicht. Adolf Hitler hatte selbst auch an der Feier teilgenommen. Luise und ich hatten ihn nicht zu Gesicht bekommen, uns allerdings gefragt, ob seinetwegen die vielen Leute gekommen waren.

»Und wenn die BDM-Mädels auf ihrem Weg ins Stadion ihre gruseligen Lieder singen, finde ich das auch nur furchtbar!«, fügte ich, noch ganz unter dem Eindruck dieser Erinnerungen, voller Überzeugung hinzu. Die ganze Art unserer Regierung mit ihren Aufmärschen und Organisationen war mir zuwider.

Meine Mutter schmunzelte. Auch wenn sie sich nicht äußerte, wusste ich, dass sie mir innerlich zustimmte. Einmal hatte sie zu mir gemeint, dass sie niemals in diese »NS-Frauenschaft« eintreten wolle, da sie das Gehabe der ganzen Frauen nicht ertragen könne, die sich freiwillig in diese Organisation fügen würden. Unter einer Regierung, die sie nicht mehr als eigenständige Menschen ansah, sondern sie zu einem Idealbild von Mutterschaft degradierte. Ihre Missbilligung war aus ihr herausgeplatzt, wie ich es selten bei meiner Mutter erlebt hatte. Damals hatte ich mir eingestehen müssen, dass ich ihr nie solche politischen Gedanken zugetraut hätte. Seit dieser Situation war es zu keiner Äußerung mehr vonseiten meiner Mutter gekommen. Aus Loyalität zu meinem Vater verhielt sie sich bei diesem Thema neutral.

Die Widersprüchlichkeit in Vaters Verhalten war mir unklar. Wie konnte er von dieser Regierung überzeugt sein und mir gleichzeitig eine derartig wertvolle Ausbildung zukommen lassen? In den Augen der Nationalsozialisten war es nicht wichtig, dass eine Frau einen Beruf erlernte, erst recht keinen künstlerischen. Ich hatte allerdings nie die Courage, ihn darauf anzusprechen. Und dann, so sagte ich mir, fand ich politische Themen eigentlich sowieso uninteressant.

Beim Sonntagsspaziergang auf der Stadtmauer merkte ich, dass der letzte Nachschlag beim Essen zu viel gewesen war. Jakob schlenderte neben mir und es schien ihm ähnlich zu gehen. Er versuchte, sich und auch mich abzulenken.

»Wie hat es dir gefallen, in München zur Schule zu gehen? Also, ich meine, das Leben in einer anderen Stadt – ist es spannend oder hast du Ulm sehr vermisst?«

»Es war toll! Natürlich hab ich euch und meine Stadt vermisst, aber ich war ja oft zu Besuch. Es ist eine wunderbare Erfahrung, etwas Neues kennen zu lernen – ich hab mich noch nie so lebendig gefühlt.« Ich wartete auf seine Erwiderung, aber er benötigte einen kleinen Anstoß. »Wieso fragst du?«

»Na ja«, er antwortete nur zögernd. »Nächstes Jahr werde ich das Abitur machen. Ich bin gut in der Schule, meine Lehrer meinen, ich könnte mich für ein Stipendium bewerben und hätte dabei gute Chancen. Ich würde so gern Literaturwissenschaft studieren.« Er sprach leise. Vermutlich wollte er nicht, dass ihn unsere Eltern hörten, die etwa zwei Meter vor uns gingen.

»Ich finde das eine großartige Idee, Jakob«, bestärkte ich ihn. »Ich kenne niemanden, der sich so sehr für Bücher interessiert wie du. Manchmal denke ich, du lebst in diesen Geschichten.«

»Damit magst du nicht einmal so unrecht haben, Schwesterchen.« Er schmunzelte geheimnisvoll.

Wir liefen ein paar Schritte schweigend weiter, als er stolperte. Reflexartig griff ich nach ihm und er fing sich wieder. Unsere Eltern blieben stehen und drehten sich kurz um.

»Ich sollte nicht so viel träumen«, meinte Jakob.

Wir setzten unser Gespräch fort.

»Welches Buch liest du zurzeit?«

Er lachte. »Du meinst wohl: welche Bücher?« Doch er kam nicht zum Antworten. Wieder knickte eines seiner Beine ein, nur diesmal lag er gleich darauf auf dem Boden. Ich versuchte ihm aufzuhelfen, er fühlte sich merkwürdig schwach unter meinen Händen an.

Vater schalt ihn: »Geh anständig! Dann fällst du auch nicht hin.«

Mutter half mir, Jakob hochzuziehen. »Alles in Ordnung mit dir?«, fragte ich ihn.

»Ja, es geht schon«, meinte er.

Die meiste Zeit über schweigend setzten wir unseren Spaziergang fort.

Kapitel 3

Die ersten Morgenstunden der neuen Woche hatte ich damit verbracht, mein Zimmer aufzuräumen und meine Fotoausrüstung zu sortieren. Da klingelte es an der Haustür. Es war ein kleiner Junge mit kaputten Schuhen, kurzen Lederhosen und verstrubbelten Haaren, der mir gegenüberstand, als ich die Tür öffnete.

»Sind Sie das Fräulein Jörger?«

»Ja«, nickte ich.

»Ich komm vom Herrn Reicher. Er möchte, dass Sie noch mal zu ihm ins Geschäft kommen. Und wenn's geht, gleich.«

Etwas verwirrt, aber zugleich erwartungsvoll griff ich nach meinem Tuch, rief Jakob einen Gruß zu und beeilte mich, dem Jungen hinterherzukommen.

»Hat er sonst noch etwas gesagt?«, erkundigte ich mich.

»Nein. Nur, dass ich Sie herbringen soll.«

Ich sah ihn mir an. Er hatte vermutlich am Marktplatz gespielt, bevor ihn Herr Reicher, sicherlich für ein kleines Trinkgeld, mit der Nachricht zu mir geschickt hatte. Nun lief er neben mir her – zufrieden, seinen Auftrag so schnell ausgeführt zu haben.

»Wie heißt du?«, fragte ich ihn.

»Peter.«

Wir überquerten den Münsterplatz. »Freust du dich, Ferien zu haben?«

»Na klar!«, grinste er.

Es waren nur noch wenige Meter bis zum Fotogeschäft und ich dankte Peter für seine Begleitung, bevor ich in den Laden eintrat. Herr Reicher empfing mich mit einem Lächeln.

»So, Fräulein Jörger. Jetzt hätte ich vielleicht doch ganz kurzfristig eine Aufgabe für Sie. Heute Morgen kam ein Journalist einer Berliner Reisezeitschrift in den Laden, der einen Bericht über Ulm bringen soll. Er war auf der Suche nach einem

Fotografen, der zugleich ortskundig ist und ihm auch die etwas versteckten Plätze zeigen kann. Eine interessante Aufgabe, doch ich kann mich schlecht freimachen und auch keinen meiner Mitarbeiter entbehren. Daher dachte ich sofort an Sie. Wenn Sie Interesse haben, könnten Sie den Mann heute Nachmittag treffen. Er heißt Avendor.«

»Das wäre wunderbar«, brachte ich stammelnd hervor.

»Na, fabelhaft! Dann gebe ich dem Herrn Bescheid, dass ich jemand für ihn gefunden habe. Er wohnt im ›Russischen Hof‹. Sie können Herrn Avendor um 15 Uhr beim Brunnen am Bahnhof treffen.« Herr Reicher wirkte enthusiastisch.

»Ich soll einfach dort auf ihn warten?«, fragte ich verunsichert.

»Ja. Bringen Sie Ihre Kamera mit und was sie sonst noch an Ausrüstung brauchen. Ich denke, alles Weitere, auch mit der Bezahlung, wird Herr Avendor dann direkt mit Ihnen regeln. Ich wünsche Ihnen viel Erfolg!«, lachte Herr Reicher und verabschiedete mich damit.

Ich schaffte es noch, mich bei ihm zu bedanken, und war schon wieder an der frischen Luft. Damit hatte ich nun wirklich nicht gerechnet. Wie schön! Ich hatte meinen ersten Auftrag! Und was für einen: Ich sollte einem Fremden Ulm zeigen, ein paar Fotos machen und würde dafür auch noch bezahlt werden. Ich war voller Jubel und hüpfte wie ein kleines Mädchen nach Hause. Da allerdings beschlich mich ein Gefühl der Angst. Wie würde Vater auf mein eigenmächtiges Verhalten reagieren?

Vorsichtig, als müsste ich Scherben ausweichen, betrat ich Vaters Werkstatt. »Vater«, er sah von seiner Arbeit auf, »ich weiß, dass in zehn Tagen mein Reichsarbeitsdienst beginnt. Aber Herr Reicher hat mir kurzfristig einen Auftrag für die nächsten paar Tage gegeben.« Ich erzählte meinem Vater die Einzelheiten, redete immer weiter, als befürchtete ich Schlimmes, sobald ich aufhörte. Schließlich versiegte mein Redefluss und ich wartete auf seine Reaktion.

»Da hast du Glück gehabt, mein Kind. Das passt doch alles sehr gut und es ist eine tolle Gelegenheit, deine ersten Schritte als Fotografin zu machen, bevor du deinen Dienst antrittst.«

Vor lauter Erleichterung, dass er mir nicht böse war, fiel ich ihm um den Hals und bedankte mich bei ihm.

Anschließend eilte ich in mein Zimmer, um meine Ausrüstung zusammenzupacken und mich passend zu kleiden. Letzteres gestaltete sich schwieriger, als ich dachte. Natürlich wollte ich einen seriösen Eindruck machen.

Die wenigen Stunden bis zum Nachmittag hatte ich mit meiner chaotischen Vorbereitung verbracht. Nun stand ich mit der Fotoausrüstung in meinem guten Kleid pünktlich am Brunnen und wartete auf diesen Herrn Avendor. Die Sonne schien mit voller Kraft und ich streckte meine linke Hand unter den wunderbar erfrischenden Wasserstrahl. Ein junger Mann kam aus der Eingangstür des Hotels und schlug meine Richtung ein. Das konnte er nicht sein, urteilte ich schnell und richtete meinen Blick erneut auf die Front des »Russischen Hofes«. Empfindlich bemerkte ich, wie mir meine Sicht genommen wurde. Es war der junge Herr von eben, der jetzt nur noch wenige Schritte von mir entfernt war. Die kurze Distanz überwand er mit beschwingten Bewegungen und lächelte mich an.

»Sie müssen Fräulein Jörger sein?«

Ich nickte beinahe unmerklich und er stellte sich vor. »Mein Name ist Robert Avendor.«

Wo war der untersetzte, dickliche Mann in den Fünfzigern mit schütterem Haar, den ich mir vorgestellt hatte?, dachte ich verdutzt. Vor mir stand ein Mann, kaum älter als ich, nicht sehr groß, braunes volles Haar, aber blaue Augen, die blitzten, als er mich anlächelte.

»Ich bin froh, dass Herr Reicher mir schnell helfen konnte und den Kontakt zwischen uns hergestellt hat.«

»Magdalena Jörger. Ich freue mich auf unsere Zusammenarbeit.« Ich spürte, wie sehr das tatsächlich stimmte.

»Nun, Fräulein Jörger, dann lassen Sie uns doch gleich loslegen, und wenn es Ihnen recht ist, das Vertragliche später regeln, ja?«

»In Ordnung!« Sein Enthusiasmus sprang gleich auf mich über.

»Was muss man sich denn hier als Erstes anschauen?«

»Na, das Münster, würde ich doch meinen«, gab ich lachend zurück.

Wir bogen in die Heinrich-Wessel-Straße ein, die uns über die Hirschstraße zum Münsterplatz brachte. Während wir uns über die heißen Temperaturen unterhielten, beobachtete ich ihn noch ein wenig. Unter dem Arm trug er einen Block, sein Jackett hatte er locker über die Schulter geschwungen. Obwohl er nicht klassisch schön aussah, hatte er etwas sehr Faszinierendes an sich.

»Sie müssen entschuldigen, wenn ich etwas unvorbereitet erscheine. Ich habe diesen Auftrag sehr kurzfristig von einem Kollegen übernommen, der aufgrund eines Beinbruchs für längere Zeit ausfällt. Im Zug hierher habe ich mich mit einem Buch über Ulm beschäftigt, aber zögern Sie bitte nicht, mich ausführlich mit Informationen zu füttern. Es sind mir allerdings ein, zwei Dinge ins Auge gefallen, die ich unbedingt sehen möchte. Moment, ich habe es mir aufgeschrieben.« Er blieb stehen, zog einen kleinen Zettel aus seiner Hosentasche und faltete ihn auf. »Zum einen das Bürglen'sche Haus, das Schad'sche Haus und dann noch das Schiefe Haus.«

»Das ist kein Problem«, versicherte ich ihm. Die Sache fing an, mir Spaß zu machen. »Die Architektur hat es Ihnen wohl angetan?«

»Das Alter der Gebäude. Wie bei diesem hier. Das ist außerdem wirklich eine sehr große Kirche!« Er breitete dabei die Arme aus und lachte. Sein kaum hörbarer englischer Akzent war überraschend charmant. »In Berlin gibt es keine so große Kirche. Wie kann es sein, dass eine kleine Stadt wie Ulm einen so hohen Kirchturm hat?«

Ich sah ihn beleidigt an.

»Oh, oh. Jetzt habe ich wohl einen Fehler gemacht. Bitte verzeihen Sie mir, Fräulein Jörger. Natürlich möchte ich Ulm nicht unterschätzen … Ich bin nur neugierig. Wollen Sie so freundlich sein und mir ein wenig über die Geschichte der Kirche erzählen, während wir sie von innen anschauen?«

Mein Lokalpatriotismus stieg in mir hoch und ich begann zu erzählen: »Nun, Sie müssen wissen, dass Ulm bei der Grundsteinlegung 1377 eine wohlhabende und bedeutende Reichsstadt war …«

Am Eingang hatte ich mich erkundigt, ob das Fotografieren in der Kirche gestattet sei. Der Aufseher wollte es mir zunächst ohne Genehmigung nicht erlauben, aber nachdem ich ihm erzählt hatte, für wen die Fotos bestimmt waren, ließ er mich gewähren. Ich packte meine Kamera auf das Stativ und versuchte bei dem kargen Licht im Raum ein paar Langzeitbelichtungen. Mr. Avendor sah sich währenddessen alleine im Münster um. Als ich mit meiner Motivwahl für das Innere der Kirche zufrieden war, stieß ich wieder zu meinem Auftraggeber.

»Ich habe eine Broschüre über das Münster erstanden, die mir die wichtigsten Informationen zu geben scheint«, sagte er erfreut.

Wir schritten bewundernd das Hauptportal entlang. Ich teilte Mr. Avendor mit, was mir besonders beeindruckend erschien: »Ich versuche mir immer vorzustellen, was für ein riesiges Unterfangen das Münster für die Menschen damals bedeutete. Ulm hatte zu der Zeit etwa 10 000 Einwohner und die Kirche bot für 13 000 Menschen Platz. Natürlich gab es noch keine Bankreihen, die Menschen standen oder kamen zu Pferd in die Kirche. Und das bei Gottesdiensten, die meist länger als zwei Stunden dauerten!«

Als wir an der Konrad-Sam-Kapelle vorbeikamen, schmunzelte Mr. Avendor. »Unsere Kirche im Ort hat in etwa diese Größe. Sie sehen, ich bin andere Dimensionen gewöhnt.«

»Wollen wir auf den Turm gehen?« Ohne eine Antwort abzuwarten, war ich bereits auf dem Weg dorthin. »Es sind 768 Stufen bis zum höchsten Punkt, aber es gibt zwei Stationen, an denen wir eine kurze Pause machen können.«

»Na, dann los!« Er klang begeistert.

Im Glockengestühl sahen wir uns die Bilder des Münsters aus vergangenen Jahrhunderten an, vor dessen Fertigstellung im 19. Jahrhundert.

Seine Stirn und sein Hals glänzten nass von Schweiß. Er atmete schwer. Irgendetwas daran ließ mich ahnen, dass es ihm nicht nur aufgrund des anstrengenden Treppenaufstiegs so erging. Kaum waren wir auf der ersten Aussichtsplattform angekommen, ließ er sich in der Mitte auf den Boden sinken und wischte sich mit dem Stofftaschentuch über das Gesicht.

»Ist alles in Ordnung?«, fragte ich besorgt.

»Liebes Fräulein Jörger. Ich hätte Ihnen vielleicht vor dem Aufbruch erzählen sollen, dass ich unter fürchterlicher Höhenangst leide. Und das hier ist wohl eine Herausforderung, der ich nicht gewachsen bin.«

Er tat mir leid, aber ich wollte ihn das nicht spüren lassen.

»Wissen Sie was? Ich nehme die Kamera und gehe den Rest der Stufen nach oben, damit ich für Sie tolle Aufnahmen von der Aussicht machen kann. Sie warten so lange hier auf mich und dann wagen wir ganz in Ruhe den Abstieg. In Ordnung?«

»In Ordnung«, keuchte er.

»Und ich kann Sie alleine lassen?«

»Natürlich. Solange ich einfach hier sitzen bleiben kann, geht es mir prima.«

Ich lächelte ihn an und machte mich auf den Weg zur letzten Etappe.

Nach einer guten halben Stunde kam ich wieder zum Zwischengeschoss. Ich hatte mich beeilt, etwa ein Dutzend Fotos zu machen, da ich Herrn Avendor nicht lange warten lassen wollte.

Er saß noch genau an derselben Stelle und beobachtete die anderen Besucher. Als er mich kommen sah, stand er auf.

»Auftrag erledigt«, erklärte ich ihm freudestrahlend.

»Es tut mir leid, dass ich Ihnen solche Unannehmlichkeiten bereitet habe. Da habe ich mich als Mann ganz schön vor Ihnen blamiert. Ich würde sagen, ich brauche jetzt ein kühles Bier. Sobald wir wieder heil die Erde erreicht haben, lade ich Sie zum Essen ein. Einverstanden?«

Auf jeden Fall war ich einverstanden!

Der Abstieg dauerte länger als erwartet. Vor uns lief eine Mutter mit ihren zwei kleinen Kindern, die in ihrem eigenen Tempo die Treppenstufen meisterten. Doch als sie uns anbot, sie zu überholen, winkte Herr Avendor dankend ab. Die Geschwindigkeit wäre gerade richtig für ihn, meinte er.

Er wünschte sich eine Gaststätte in der Nähe, daher schlug ich die Wirtschaft »Zum Ulmer Spatz« in der Stubengasse vor. Mein ziemlich mitgenommener Arbeitgeber war beim Anblick des zwischen zwei Häuserreihen stehenden Fachwerkhauses begeistert. Sein Bierdurst war plötzlich vergessen, er wollte unbedingt zuerst ein Foto davon haben. »Und dann schauen wir mal, ob ich nicht auch einen Restauranttipp in meinen Bericht mit aufnehmen kann.«

Es gefiel mir, wie energiegeladen er auf einmal wieder war.

Wir bestellten das Tagesmenü und ein Bier. Ich wollte unbedingt mehr über ihn erfahren. Er lebte in Berlin, war Engländer und sprach Deutsch ohne Akzent. Ich nahm meinen Mut zusammen und fragte nach seinen Familienverhältnissen.

Er lächelte mich an, bevor er zu erzählen begann: »Meine Mutter ist Deutsche, sie stammt aus Bremen. Vor dem Krieg begleitete sie ihre beste Freundin zu einem Besuch zu deren englischen Verwandten nach Fleetwood. Dort lernte sie meinen Vater kennen. Zu der Zeit sprach sie kein besonders gutes Englisch, aber ich denke, wenn man verliebt ist, braucht man nicht sehr viele Worte. Sie kehrte nur wieder nach Bremen zurück, um ihre Eltern um ihr Einverständnis zur Heirat mit meinem Vater zu fragen. Natürlich hatten meine Großeltern Angst, ihre Tochter zu verlieren, noch dazu an einen Ausländer. Sie waren gegen eine Heirat, aber meine Mutter ging trotzdem zurück nach England, wo sie die Frau meines Vaters wurde. Meine Großeltern waren darüber so enttäuscht, dass sie den Kontakt zu meiner Mutter völlig abbrachen.«

Das Bier wurde serviert und er nahm einen großen Schluck.

»Meine Mutter hat ihre deutsche Heimat nie vergessen. Mein kleiner Bruder und ich sind zweisprachig groß geworden, haben die Grimm'schen Märchen gehört und deutsche Volkslieder gesungen. Am College habe ich dann neben Journalismus auch das Fach Deutsch belegt. Eine Sehnsucht nach Deutschland war immer da. Also bin ich nach dem Abschluss hierhergekommen, um mir eine Stelle zu suchen. Nach Bremen wollte ich nicht unbedingt, der Ruf der Metropole Berlin war stärker. Im Jahr der Olympischen Spiele bin ich dorthin gekommen und es gefällt mir sehr gut.«

Ich war völlig gefangen von seiner Erzählung. Das war ein faszinierender Mensch, der mir da gegenübersaß, dachte ich.

»Sind Ihre Familienverhältnisse ähnlich verworren?«, meinte er ironisch und riss mich damit aus meinen Gedanken.

»Nein«, schmunzelte ich. »Meine Eltern stammen beide aus Ulm. Meine Mutter hat in einer Bäckerei gearbeitet. Während seiner Lehrzeit wurde mein Vater immer in diesen Laden geschickt, um für alle Mitarbeiter Essen für die Mittagspause zu holen. Irgendwann haben sie sich dann außerhalb des Ladens verabredet und sich sehr gut verstanden. Meine Mutter ist sechs Jahre älter als mein Vater. Mit 25 Jahren hat sie geheiratet und ein Jahr später wurde ich geboren. Ich habe auch einen jüngeren Bruder. Wir sind fünf Jahre auseinander.«

»Mein kleiner Bruder ist wirklich klein – er ist dreizehn Jahre jünger als ich. Unser Nesthäkchen.«

Durch das Erzählen war mein Essen schon fast kalt geworden.

»Mir gefällt Ihr schwäbischer Akzent, Fräulein Jörger.«

Meine Wangen fingen an zu brennen und ich hatte die Befürchtung, dass er mir meine Verlegenheit ansehen könnte. Dabei hatte ich mich richtig bemüht, hochdeutsch zu reden.

»Bei uns in der Arbeit«, setzte er wieder an, »duzen sich alle untereinander. Ich weiß nicht, wie es in Ulm ist, aber ich fände es schön, wenn wir uns beim Vornamen nennen würden.«

»Ja, gern. Ich heiße Magdalena. Aber alle nennen mich nur Magda.«

»Ich bin Robert.« Ich bemerkte sein Schlucken, bevor er fortfuhr. »Darf ich dich Lena nennen? Ich möchte nicht wie all die anderen sein.«

Ich war überrascht, aber gleichzeitig spürte ich eine angenehme Wärme in meinem Bauch. Lächelnd nickte ich. Er beugte sich zu mir herüber und gab mir einen vorsichtigen Kuss auf die Wange, um das Ganze zu besiegeln.

Am Münsterplatz trennten wir uns. Wir hatten uns auf den nächsten Tag um acht Uhr verabredet. Ich würde ihn wieder abholen. Leichtfüßig lenkte ich meine Schritte in die Platzgasse. Wie viel an einem Tag passieren konnte – und manche Tage verstrichen nur so, ganz ereignislos, grübelte ich. Ich fühlte mich, als wäre ich mit diesem Tag beschenkt worden. Auch der Beginn des RADs in naher Zukunft machte mir nichts mehr aus. Ich wollte einfach diese wenigen Tage genießen. Als Fotografin, Stadtführerin, mit einem wundervollen Auftraggeber.

Kapitel 4

Als ich mir am Frühstückstisch ein Stück Brot in den Mund schob, wunderte ich mich darüber, mich schon derart wach zu fühlen. Da ich gestern nicht müde werden wollte, schlich ich mich in Jakobs Zimmer, um ihm meine Ereignisse des Tages zu erzählen. Er lauschte gespannt und ich musste ihm eine Fortsetzung für den nächsten Abend versprechen.

Mein leichtes, blaues Sommerkleid flatterte mir um die Beine, als ich zum Bahnhof lief. Heute wollte ich Robert zunächst das Fischerviertel zeigen.

Wir folgten den Straßenbahnschienen, die uns zur Steinernen Brücke führten. Robert studierte die Auslagen der Papierhandlung, des Koffer- und Lederwarengeschäfts. Er war wie ein kleines Kind – ihn interessierte einfach alles und ich musste ihn mehr als einmal zum Weitergehen auffordern.

Besonders fasziniert war er von den Häusern, die direkt in den kleinen Fluss Blau gebaut zu schienen. Er gab mir genaue Anweisungen, aus welcher Perspektive er welches Gebäude fotografiert haben wollte. Es war für ihn auch wichtig, dass Anwohner oder Passanten mit ins Bild kamen, die die Fotografien lebendiger machten.

»Wenn man sich ältere Fotografien anschaut, sieht es oft so aus, als hätten sich die Menschen in die Aufnahme gedrängt oder besonders posiert. Ich denke, dass Fotografen mit ihrer Ausrüstung Anfang des Jahrhunderts eine unglaubliche Faszination ausgeübt haben. Geht das dir im Berufsalltag manchmal auch noch so?«, wollte mein Auftraggeber wissen.

»Ich denke, die Blicke der Leute ernte ich vor allem, weil ich als Frau hinter der Kamera stehe. Aber die meisten werden gerne fotografiert. Es ist auch heute, drei Jahrzehnte später, noch etwas Besonderes.«

Als wir vor dem Schiefen Haus standen, kam ein langes »Aaaah« aus seiner Kehle. »Es ist tatsächlich so schief wie auf den Bildern!«, rief er erstaunt.

»Ja.« Ich schmunzelte. »Es ist über 500 Jahre alt und musste bereits im 17. Jahrhundert gestützt werden, da sich die eine Seite zu sehr in Richtung Blau gesenkt hatte.«

»Ob man wohl seekrank wird, wenn man sich drinnen aufhält?« Er zwinkerte mir zu.

Ich lenkte meine Schritte auf den Weinhof. Robert sah sich die Synagoge an, aber als ich mein Stativ aufstellen wollte, winkte er ab. »Das ist bestimmt nicht das, was mein Chef sehen will.«

Als Kind war ich mit meinem Vater öfters auf diesem Platz gewesen, wenn der Pferdemarkt stattfand. Mein Respekt vor diesen großen Tieren war ordentlich, gleichzeitig war ich aber auch neugierig. Meine kleine Kinderhand berührte einen Pferdebauch und ich konnte die Wärme des Tieres spüren. Das Pferd hatte seinen Kopf nach mir umgedreht und mich interessiert angeschaut. Voller Stolz über meine mutige Tat hatte ich es weitergestreichelt, bis mein Vater mich weggezogen hatte.

Ich teilte meine Erinnerung mit Robert und er lächelte. »Dieses Bild hätte ich gerne gehabt.«

Am Nachmittag lud er mich zu Kaffee und Kuchen ins Café Kallhardt am südlichen Münsterplatz ein.

»Was sind deine nächsten Pläne, Lena? Eröffnest du dein eigenes Fotoatelier?«

Ich lächelte bei dem Gedanken. »Ja, das wäre mein Wunschtraum. Aber leider bin ich gezwungen, in der Realität zu leben. Ende des Monats beginnt mein Jahr im Reichsarbeitsdienst, das ich ableisten muss.«

»Und wo wird das sein?«

»In der Landwirtschaft – bei Verwandten.«

»Hm, die deutsche Regierung scheint mir manchmal recht altmodisch zu sein, besonders was Frauen betrifft. Wozu soll eine ausgebildete Fotografin ein Jahr in der Landwirtschaft schuften?«

»Das frage ich mich auch.«

»Vielleicht solltest du nach England ziehen?«

»Ich glaube kaum, dass sie dort eine Fotografin brauchen, die schlecht Englisch spricht.«

»Sprachkenntnisse kann man verbessern.«

»Ja, aber dazu muss es einen Anreiz geben.«

Er lächelte mich ganz merkwürdig an. »Ja, vielleicht.«

»Meine Mutter lässt dir ausrichten, dass sie dich heute Abend zum Essen einladen möchte.«

Robert sah an diesem Morgen noch etwas verschlafen aus.

»Das ist sehr nett. Danke.«

»Um acht?«

»In Ordnung.«

Wir liefen an der Donau entlang, wechselten zur Neu-Ulmer Seite und entspannten unsere müden Beine anschließend auf einer Bank. An vielen Ecken gab es Blumenbeete. Der Sommer war bunt, dachte ich mir.

Am heutigen Tag wollte ich Robert die anderen beiden Häuser zeigen, an denen er Interesse bekundet hatte. Wir überquerten die Herdbrücke, liefen durch die Frauenstraße und bogen in die Kornhausgasse ein. Ich hatte gestern Jakob nach den beiden Häusern gefragt. Obwohl bei ihm die Bücher wirr gestapelt in den Regalen lagen, hatte er zielsicher nach einer Ausgabe über Architektur in Ulm gegriffen. Er hatte die betreffenden Zeilen rasch überflogen und für mich zusammengefasst.

Robert riss mich aus meinen Gedanken. »Ich habe gelesen, dass dies das Haus einer Patrizierfamilie war und aus dem 16. Jahrhundert stammt.« Wir traten in den Innenhof.

»Richtig. Hier über dem Hauptportal kannst du das Familienwappen sehen, sie hießen Roth«, fügte ich hinzu und dankte Jakob insgeheim für seine Wissensvermittlung.

»Was für ein schönes Renaissancehaus. Kannst du dir hier nicht direkt Shakespeare vorstellen?«

Ich zögerte. »Nicht unbedingt.«

»Na, schau doch mal. Eben kommt er durch die Steinsäulen in den wunderschönen Arkadenhof gelaufen, eine Szene vor sich hinmurmelnd, die ihm unterwegs eingefallen ist. Er eilt hinauf in sein Arbeitszimmer, das sich hinter einem der Erker befindet, schnappt sich seine Feder und tunkt sie in das Tintenfass.«

Ich musste lachen.

»Als Fotografin musst du doch Bilder sehen«, meinte er schmunzelnd.

»Die sehe ich. Aber mir fehlt das Englische hier.«

»Was wäre das für dich? Soll er mit einem Glas Ale in der Hand nach Hause kommen?«

»Das gefällt mir.« Mit einem Lächeln im Gesicht baute ich meine Ausrüstung auf und versuchte, Shakespeare auf meinen Bildern einzufangen.

»Nun bin ich noch gespannt auf das Schad'sche Haus!« Er nahm mir meine Ausrüstung ab und ich dirigierte ihn am Münster entlang in Richtung Hirschstraße. Er gefiel mir immer besser. Sein Witz, sein Enthusiasmus, ich war selbst ganz beschwingt.

»Aber jetzt musst du ihn sehen«, sagte Robert, als wir im Innenhof des Kaufmannshauses aus dem 16. Jahrhundert standen. »Hier gibt es sogar Holzlauben, das ist so gut wie ein Balkon.« Er drückte mir die Kamera in die Hand und kletterte an einer der Holzsäulen in die erste Etage. Als er oben angekommen war, zog er sein Hemd wieder zurecht und lehnte sich nach unten. Er begann zu rezitieren.

Die Lerche war's, die Tagverkünderin,
Nicht Philomele; sieh den neidschen Streif,
Der dort im Ost der Frühe Wolken säumt.
Die Nacht hat ihre Kerzen ausgebrannt,
Der muntre Tag erklimmt die dunstgen Höhn;
Nur Eile rettet mich, Verzug ist Tod.

»Wir haben die Rollen getauscht, geliebte Julia«, stellte er spöttisch fest.

»Liebster Romeo, hast du noch Zeit für eine Fotografie dieser Szene oder ist dir bereits mein Vater auf den Fersen?« Ich ging auf sein Spiel ein.

»Das ist er noch nicht. Heute Abend werde ich mich tadellos benehmen, wenn du das meinst. Vor seinen Augen würde ich nichts Unüberlegtes tun.« Er lächelte vieldeutig.

»Der perfekte englische Gentleman also.«

»Fast.«

Beim Herunterklettern riss er ein Efeublatt ab und steckte es mir ohne Kommentar in meine Haare. Völlig verblüfft von dem überraschenden Auftritt stellte ich ihm die Frage: »Wie kommt es, dass Romeo auf einmal keine Höhenangst mehr hat?«

»Ich könnte behaupten, dass das Julias Gegenwart bewirkt, aber die Wahrheit ist: Wirkliche Probleme bekomme ich erst ein paar Meter weiter oben«, erklärte er mir schmunzelnd.

Da es nun nicht mehr weit war bis zum Bahnhof, begleitete ich ihn zurück zum Hotel. »In fast zwei Stunden sehen wir uns wieder.« Er strich mir eine Haarsträhne aus der Stirn. Dann drehte er sich um und verschwand in der Lobby.

In meiner Brust tanzte es.

Ich hatte Robert den Weg zu unserem Haus erklärt und um kurz nach acht klingelte es an der Tür. Mutter hatte extra unter der Woche ein Sonntagsessen gekocht. Ich war verwundert gewesen, als sie am Vorabend vorschlug, meinen Auftraggeber bei einem gemeinsamen Essen kennen lernen zu wollen. Dabei hatte ich kaum von Robert erzählt, nur Jakob wusste etwas mehr.

Robert hatte sich zum Essen umgezogen und meiner Mutter Blumen mitgebracht. Irgendwie kam mir das unglaublich englisch vor. Vater schwieg am Tisch die meiste Zeit über, aber Mutter und Jakob löcherten Robert mit Fragen. Er kam wegen der vielen Antworten kaum zum Essen.

»Günther wird später vorbeikommen und mich abholen. Wir wollen in die Friedrichsau, tanzen und Bier trinken. Ihr kommt doch mit?«, fragte Jakob an Robert und mich gewandt.

»Wenn es deine Eltern erlauben, dann gerne.«

Meine Eltern kamen nicht dazu zu antworten, denn es klingelte ein weiteres Mal an der Tür und Jakob sprang auf. »Das wird Günther sein!«

Robert nützte die Chance, den kalt gewordenen Braten auf seinem Teller zu essen.

Günther trat ein und wünschte allen einen guten Abend und das war der Augenblick, in dem mein Vater sein Schweigen brach.

»Wie war das? Bei uns sagt man Heil Hitler!«

»Bei uns nicht«, entgegnete Günther gelassen.

Vater war darüber recht empört. »Was seid ihr für eine Familie? Was ist dein Vater?«

»Der hat sich schon totgesoffen, als ich klein war.«

»Was ist deine Mutter?«

»Dick.«

»Ich wünsche, dass du noch einmal nach draußen gehst, und beim Eintreten möchte ich einen ordentlichen Gruß hören.«

Als Vater verstummt war, konnte man den angehaltenen Atem der anderen geradezu hören. Günther verließ das Zimmer, ohne jedoch zurückzukehren.

»Den ganzen Abend schweigst du, aber kaum ist mein Freund da, musst du mit deinem verdammten Hitler anfangen!« Jakob blickte vorwurfsvoll unseren Vater an.

»Wie redest du mit mir? Schlag deinem Vater gegenüber einen anderen Ton an.«

»Ihr solltet nun wirklich losgehen in die Friedrichsau, damit es nicht zu spät wird«, ging meine Mutter dazwischen.

Wir nahmen Mutters Hilfe gerne an und lasen Günther auf, der im Flur auf uns gewartet hatte.

Auf dem Weg versuchte ich Robert den Vorfall zu erklären: »Mein Vater ist überzeugt von der Regierung und vom Führer. Vor allem bei meinem Bruder stößt er dabei auf wenig Gegenliebe. Es tut mir leid, dass du Zeuge dieses Zwischenfalls geworden bist. Ich weiß nicht, was sich mein Vater dabei gedacht hat.«

»Bitte, du musst dich nicht für deinen Vater entschuldigen. Schließlich bist du nicht für sein Verhalten verantwortlich. Vielleicht hatte er einfach einen schlechten Tag. Deine Mutter und dein Bruder sind sehr nett.«

Das Bier wirbelte in meinem Kopf, als ich mit Robert tanzte. Ich spürte seine warme Hand auf meinem Rücken. Günther kam und klatschte ab und ich bemerkte bei Robert einen Anflug von Widerwillen, dass unser Tanz so frühzeitig abgebrochen wurde.

Auf dem Heimweg wurde ich jedoch entschädigt – Robert legte seinen Arm um mich und zog mich näher an sich. Er flüsterte mir etwas ins Ohr, was ich nicht verstand. Ich blieb stehen und schaute ihn an. Er streichelte meine Wange und küsste mich. Ganz vorsichtig. Jakob rief aber schon nach uns und so gingen wir gezwungenermaßen weiter.

Im Bett liegend drangen von draußen leise Töne an mein Ohr, die Augen hatte ich geöffnet. Ich fühlte mich in einem Zustand, der mir völlig neu war und sich nicht beschreiben ließ.

Zwar war ich während meiner Münchener Zeit immer wieder mit Männern ausgegangen, hatte mich zu Kino oder Eis einladen, einmal sogar küssen lassen, aber nichts war vergleichbar gewesen mit diesem Abend, den ich mit Robert verbracht hatte. Es war, als hätte er eine Tür zu einem Zimmer geöffnet, von dessen Existenz ich bisher nicht einmal gewusst hatte. Nun waren all meine Sinne darauf gerichtet, diesen Raum zu erforschen. Ich mochte nicht schlafen, sehnte mich viel eher danach, mit Robert die Nacht hindurchzuspazieren. Jede Minute ohne ihn erschien mir im Augenblick als pure Zeitverschwendung.

In Liebesdingen hatte ich mich immer als eine sachliche Person empfunden, was laut Luise ein Widerspruch in sich war. Nun sandte mir mein Körper Zeichen, die mit Sachlichkeit nichts mehr zu tun hatten. Ich drehte mich auf die Seite, an Schlaf war nicht zu denken. Also gab ich mich meinen Fantasien hin.

Irgendwann musste ich doch eingeschlafen sein, denn ich erwachte mit einem Gefühl des Schreckens, dass heute schon mein letzter Arbeitstag mit Robert bevorstand.

Ich konnte nichts frühstücken, in mir gab es nur einen Gedanken: Robert würde morgen schon wieder auf dem Weg nach Berlin sein.

Völlig verkrampft ging ich in Richtung Bahnhof. Mein Blick war auf den Boden gerichtet und zunächst bemerkte ich ihn nicht.

»Lena!« Robert kam auf mich zu, umarmte und küsste mich. Er bemerkte sofort, dass etwas nicht in Ordnung war. »Was ist los?«

»Heute ist unser letzter gemeinsamer Tag und morgen wirst du nach Berlin zurückkehren.«

»Na, na. Lass uns den letzten Tag genießen!« Etwas leiser fügte er hinzu: »Ich möchte dich sehr gerne wiedersehen, Lena. Bis dahin können wir telefonieren, uns schreiben. Aber es bringt nichts, heute schon traurig zu sein, oder?«

So einfach war das also? Diese Frage ging mir durch den Kopf. Oder wollte er schlichtweg einen schönen Tag verbringen, und kaum war er wieder in Berlin, kannte er keine Lena aus Ulm mehr? Nein, das mochte ich nicht glauben. Schließlich hatte er Recht. Heute niedergeschlagen zu sein, war sicher dumm. »Nein«, antwortete ich.

Wie vor wenigen Tagen ging ich neben ihm und schaute ihn heimlich an. Das Bild hatte sich verändert. Ich blickte auf den Mann, der all diese wunderbaren und unbekannten Gefühle in mir auslöste.

»Findest du, dass meine Nase krumm ist?«

Ich fühlte mich ertappt. »Deine Nase ist wunderschön gerade«, gab ich lächelnd zurück.

Der letzte Tag wurde der intensivste. Wir spazierten durch die Stadt, erzählten von uns – und das Fotografieren wurde zur Nebensache. Nur ab und zu zählte ich ihm auch noch zusätzliche Informationen zu den Plätzen auf, an denen wir uns aufhielten. Wir nahmen die Stadt unbewusst in uns auf.

Für den Abend hatte ich vorgeschlagen, in die Höhengaststätte Oberberghof zu gehen, von der man eine atemberaubende Aussicht auf Ulm hatte. Robert war begeistert von dem Lokal. Beschwingt von der Atmosphäre bestellte er eine Flasche Wein zum Menü. Nachdem ich den letzten Löffel meiner Eisportion in den Mund geschoben hatte, fühlte ich mich wie ein wunschlos glücklicher, dicker Klumpen. Nichts hätte diesen Abend verderben können. Selbst wenn uns der Kellner eröffnet hätte, dass das Essen vergiftet gewesen sei, hätte ich lächelnd genickt.

Robert ergriff meine Hand. »Sollen wir noch etwas spazieren gehen?«

Ich nickte ihm freudestrahlend zu. Es gab einen beliebten Spazierweg längs des Eselswald-Südrandes. Robert begann, ein Lied zu summen. Nach etwa einem Kilometer setzten wir uns auf eine Bank, ohne die Hand des anderen loszulassen.

Wir schwiegen. Es war eine angenehme Stille. Ich lehnte meinen Kopf gegen seine Schulter und hörte einen Herzschlag, ohne zu erkennen, zu wem er gehörte. Welch schöne Unkenntnis, dachte ich mir.

Bevor wir aufbrachen, küsste er mich noch einmal. Leidenschaftlich. Warm. Überraschend.

Ich wollte am nächsten Tag zum Bahnhof kommen, um ihn zu verabschieden. Als ich die Wohnungstür langsam hinter mir schloss und damit Roberts Gesicht Stück für Stück verschwand, kam die Traurigkeit zurück.

Der Umschlag knisterte, als ich ihn in meine Handtasche steckte. Darin verborgen war mein allererstes Gehalt als Fotografin. Robert gab mir einen weiteren Brief in die Hand. »Der ist für dich. Aber lies ihn erst, wenn ich schon im Zug bin.«

»In Ordnung.«

Von der dampfenden Lokomotive kamen laute Geräusche, die jede weitere Unterhaltung erschwerten. Was sollte auch noch gesagt werden? Wir umarmten uns und Robert stieg in den Zug. Er winkte mir lange durch das geöffnete Fenster, bis sich der Zug schließlich außer Sichtweite befand und ich meinen Arm langsam sinken ließ.

Ich ging mit schnellen Schritten den Weg zurück zu unserem Haus, der nun durch die vergangenen Tage unweigerlich stark mit Robert verknüpft war, und spürte Niedergeschlagenheit in mir aufsteigen. Eine Gruppe von BDM-Mädchen ging singend an mir vorbei. Sie waren vermutlich auf dem Weg ins Stadion, zu einem Wettkampf oder einem einfachen Treffen. In einer knappen Woche würde ich meinen Dienst antreten müssen. Ich beschloss, nicht direkt nach Hause zu gehen.

Auf den Stufen des Münsterturms kam ich außer Atem und zügelte meine Schrittgeschwindigkeit. Auf der Aussichtsplattform ließ ich mich an der Stelle nieder, an der Robert sich von seiner Höhenangst erholen wollte. Ich zog seinen Brief aus meiner Handtasche und begann langsam, jedes Wort mit den Augen festhaltend, zu lesen. Er hatte seine Adresse und die Telefonnummer seiner Pension aufgeschrieben.

Die Zeilen am Ende des Briefes musste ich immer wieder lesen. »Vielleicht denkst du, es ist nur ein verliebter Narr, der aus mir spricht. Aber ich weiß, dass es Schicksal war, dass sich unsere Wege hier gekreuzt haben. Und das war nur der Anfang unserer Begegnung. Da bin ich mir sicher. Robert.«

Kapitel 5

Ich war zu einer Magd geworden. Vor Beginn des Sommers hätte ich mir nicht vorstellen können, um fünf Uhr früh aufzustehen und nach einem kurzen Frühstück, das meist aus Haferbrei bestand, die Hühner zu füttern. Ich hatte ein idyllisches Bild von der Arbeit in der Landwirtschaft im Kopf. Man arbeitete viel in der Natur – und ich mochte Tiere. Ich malte mir die tiefgreifende Befriedigung aus, wenn man ernten konnte, was man zuvor gesät hatte. Wie befreiend körperliche Arbeit sein musste!

Nun, keine von meinen Vorstellungen traf in der Wirklichkeit zu. Den Gestank des Stalls bekam ich nicht mehr aus meinen Haaren und Kleidern. Körperlich so schwer zu arbeiten, dass einem abends die Knochen schmerzten und die Hände rau und aufgesprungen waren, stellte sich als wenig befreiend heraus.

Wie ich es vermisste, eine Kamera in den Händen zu halten. Motive gab es hier genug, das war klar. Der Zauber eines eben geborenen Kalbs, das Licht über den Feldern, die schlafende Katze auf der Bank, meine Großtante, die neben mir am Tisch Kartoffeln schälte. Doch während des Tages stand so viel Arbeit an, dass ich es nie schaffte, in meine Kammer zu laufen, um die Kamera zu holen. Und entwickeln hätte ich die Bilder hier sowieso nicht können.

Jedes zweite Wochenende erhielt ich die Erlaubnis, das einzige Fahrrad vom Hof, das dem Knecht gehörte, zu nehmen und damit zu meinen Eltern nach Ulm zu radeln. Darin bestanden die lang ersehnten Höhepunkte in meinem sonst entbehrungsreichen Alltag. Bevor ich zu meinen Eltern fuhr, hielt ich immer zuerst vor der Post, um von einem der Fernsprechautomaten dort bei Robert in der Pension anzurufen. Die Stimme der Pensionswirtin war mir schon sehr vertraut.

»Ah, das Fräulein Jörger. Ja, einen Moment, ich hole den Herrn Avendor für Sie an den Apparat.«

Robert hatte sich ebenso angewöhnt, jeden zweiten Samstagvormittag zu Hause zu bleiben, um meine Anrufe entgegennehmen zu können.

Tante und Onkel – auch wenn sie das nicht waren, nannte ich sie so – waren kinderlos geblieben. Neben der Großtante, der Mutter von Onkel Adalbert, lebte der Knecht Frieder auf dem Hof und nur zur Erntezeit wurden weitere Helfer eingestellt. Frieder bewohnte wie ich eine kleine Stube, die karg eingerichtet war. Er war etwa vierzig Jahre alt und sprach nur das Allernötigste. Dabei hatte er eine wunderschöne, volle Männerstimme. Mit den Tieren ging Frieder auf eine eigentümlich zärtliche Weise um. Jeder Außenstehende konnte direkt die enge Verbundenheit zwischen den Tieren und ihm erkennen. Es wirkte, als könnte er mit ihnen sprechen. Nie schlug eins der beiden Pferde nach ihm aus, keine Kuh trat ihn versehentlich und selbst die wildeste Katze ließ sich von ihm streicheln, ohne ihn zu kratzen.

Ich mochte ihn auf Anhieb. Um ehrlich zu sein, hätte ich die Zeit auf dem Hof ohne die Großtante und ihn nicht ausgehalten. Der Cousin meines Vaters war streng und duldete keine menschlichen Schwächen. Seine Frau war zwar nicht unfreundlich, dafür aber gleichgültig und kalt. Von ihr hörte man kein lobendes Wort, kein aufmunternder Scherz kam über ihre Lippen. Obwohl wir eng nebeneinander arbeiteten, blieb sie auf Distanz.

Meine Tage folgten einem immer gleichen Rhythmus. Tante Irmgard hatte für mich eher die Arbeiten im Haus vorgesehen, wofür ich ihr nicht undankbar war. Gemeinsam mit der Großtante war ich für das Zubereiten der Mahlzeiten zuständig. Das Bauernehepaar hatte, was die Pausen fürs Essen anbelangte, einen fest geregelten Tagesablauf, den ich durch die Einweisung von Großtante Eda schnell lernte. Wehe, es fehlte etwas, wenn sich Bauer und Bäuerin am Tisch niederließen. Oder der Kaffee war nicht stark genug aufgebrüht. Nach den Mahlzeiten musste alles wieder blitzblank geputzt werden, was zuvor gebraucht worden war. Das bezog sich nicht nur auf das Geschirr, sondern auch auf den Herd, der gescheuert werden musste. Bereits nach einer Woche auf dem Hof waren meine Hände rot und aufgesprungen. Inzwischen war ich schon drei Monate dort. Es war Ende Oktober und man merkte, wie sich die Natur Stück für Stück auf den Winter vorbereitete.

Neben dem Kochen war ich für die Hühner zuständig. Zweimal am Tag gab ich den Hofkatzen ein wenig Milch in ihre Schüsseln. Außerdem musste ich mich um den Nutzgarten kümmern, der im Hinterhof angelegt war. Ich liebte diesen Garten. Dort standen Apfel-, Kirsch- und Zwetschgenbäume. Im Gemüsebeet waren Salat, Krautköpfe und Rüben angebaut. Wenn ich zwischen den Reihen das Unkraut jätete, strich mir manchmal eine der zutraulicheren Katzen um die Beine und wollte gestreichelt werden. Ich genoss es, dass einige Tiere auf dem Hof zu mir Zutrauen gefasst hatten.

In den letzten Wochen war der Garten für Eda und mich zu einer besonderen Aufgabe geworden. Das reif gewordene Obst musste gepflückt, eingeweckt oder zu Marmelade verarbeitet werden. Manchmal verwandelten wir das frische Obst auch gleich zu einem duftenden Kuchen mit Streuseln. Die Großtante konnte herrlich backen.

Wenn Frieder uns mit den Körben unter den Bäumen Obst aufsammeln sah, kam er zuweilen zu uns und kletterte auf den Baum. Dann schüttelte er kräftig an den Ästen, dass die Früchte nur so auf die Erde regneten. Er pflückte sie direkt vom Baum und wir sammelten die übrigen von der Erde auf. Wir passten dabei auf, dass Bauer Adalbert uns nicht sah, denn er hatte uns eingeschärft, alle Äpfel oder Zwetschgen nur direkt vom Ast zu pflücken. Er wollte keine braunen Flecken im Obst haben. Aber selbst mit Frieders Hilfe hätten wir auf diese Weise das Arbeitspensum nicht geschafft. Die Früchte wären am Baum verfault.

Ich dachte oft an Vaters Worte, welchen Dienst ich in diesem einen Jahr der Gesellschaft erweisen könnte und welch wichtige Erfahrungen dabei auf mich warten würden. Den Dienst an der Gesellschaft konnte ich aber nicht erkennen, für mich sah es eher wie ein Dienst an Tante und Onkel aus. Für Kost, Logis und ein Taschengeld half ich auf ihrem Hof. Gerne hätte ich die Situation so gesehen wie mein Vater. Viel zu stark war aber die Sehnsucht, endlich meinem Beruf nachgehen zu können, und das am liebsten in der Metropole Berlin, damit ich Robert sehen konnte, wann immer ich wollte.

Kapitel 6

Eines Morgens trat ich unsicher in den Stall, wo Frieder die Hufe eines der Pferde auskratzte.

»Kann ich mit dir reden, Frieder?«, fragte ich zaghaft.

»Natürlich«, murmelte er, seinen Kopf weiterhin nach unten gebeugt.

»Vom Bauern hab ich erfahren, dass du im nächsten Dorf eine Freundin hast. Du brauchst dein Fahrrad, um sie besuchen zu können.«

»Erfahren« war zu milde ausgedrückt. Am vergangenen Abend, als Adalbert von seinem wöchentlichen Stammtisch angetrunken nach Hause kam, passte er mich ab, als ich noch einmal das kleine Häuschen im Hinterhof aufsuchen musste. Ich hatte mir nur ein Tuch über die Schultern gestreift und stand im Nachthemd vor ihm. Sein Kopf hing schräg und er blitzte mich mit einem merkwürdigen Ausdruck in den Augen an. Ohne Vorwarnung platzte er heraus: »Hast großes Glück, dass der Frieder dich jedes zweite Wochenende mit seinem Fahrrad nach Ulm fahren lässt, wo er es doch selbst braucht, um seine Braut in Bach zu besuchen. Seit du da bist, geht er die sechs Kilometer jedes Mal zu Fuß.«

»Das wusste ich nicht«, brachte ich mühsam hervor. Ich schluckte. Irgendwie hatte ich mir Frieder als Einzelgänger vorgestellt, der besser mit Tieren als mit Menschen zurechtkam. Ich schämte mich plötzlich sehr. Unwissentlich hatte ich seine gutmütige Art ausgenützt. Ich wusste wirklich kein bisschen über ihn und ich musste mir gleichzeitig vorwerfen, nicht viel unternommen zu haben, ihn besser kennen zu lernen.

Nun stand ich im Stall etwa einen Meter von Frieder entfernt und fürchtete den Moment, in dem er hochschauen würde. Sanft ließ er den Fuß des Pferdes zu Boden gleiten und schaute mich an.

»Wenn ich es wirklich brauchen würde, hätte ich es dir nicht geliehen. Ich kann die sechs Kilometer nach Bach genauso gut zu Fuß gehen, aber für dich sind die siebzehn Kilometer nach Ulm ohne Fahrrad nicht zu machen.«

»Ich hab dich nie gefragt, wo du an den Sonntagen nach der Kirche hinfährst, sobald du dich auf den Sattel schwingst. Ich komme mir so selbstsüchtig vor!«

»Ach was. Ich bin froh, wenn ich nicht so viel reden muss – und wenn du mir nicht so viele Fragen stellst.«

»Darf ich dich dann trotzdem was fragen? Wie heißt denn deine Freundin?«

»Ihr Name ist Maria. Sie ist Magd auf dem Hochstetter Hof.«

»Wollt ihr heiraten?«

»Wir kennen uns seit zwei Jahren. Zum Heiraten war das Geld bisher zu knapp.«

»Und dann komme noch ich und verkürze die Zeit, in der ihr euch sehen könnt. Ich kann dein freundliches Angebot mit dem Fahrrad leider nicht mehr annehmen. Trotzdem vielen Dank.«

»Davon will ich nichts hören.«

Ich zögerte. »Oder ich könnte nur einmal im Monat zu meiner Familie fahren.«

»Es bleibt, wie es ist.«

Es war eine Bestimmtheit in seiner Stimme, die ich sonst nicht an ihm kannte. Ich hatte das Gefühl ihn zu verletzen, wenn ich sein Angebot weiterhin ablehnte.

Er hatte sich schon dem nächsten Huf gewidmet, als ich nochmals ansetzte: »Darf ich sie mal kennen lernen, deine Maria?«

Sein Blick hatte etwas Überraschtes. Ein kurzes Lächeln huschte über sein Gesicht, dann nickte er. Bereits an der Türschwelle stehend, packte mich ein inneres Bedürfnis und ich drehte mich in seine Richtung. »Vielen Dank, Frieder. Du bist ein guter Mensch«, stieß ich hervor und verließ erleichtert den Stall.

Kapitel 7

Ersingen, den 3. November 1938

Liebster Robert,
heute war ein ganz besonderer Tag. Ein kleines Päckchen aus Berlin erreichte mich! Tante Irmgard hat ganz merkwürdig geschaut, als sie gesehen hat, dass es für mich ist. Ich habe es schnell in meine Kammer getragen, um es am Abend nur für mich öffnen zu können.
Vielen Dank für das Englischlern- und Grammatikbuch. Ich bin schon gespannt, an wie viel ich mich noch von der Schule her erinnern kann. Natürlich werde ich versuchen, jeden Abend fleißig ein wenig zu lernen. Und vor allem an den Wochenenden, an denen ich hierbleiben muss.
Wie geht es Dir bei der Arbeit, wie kommst Du damit zurecht, die Krankheitsvertretung für Deinen Kollegen Johannes zu übernehmen?
Ich vermisse Dich jeden Tag, vor allem abends, wenn ich kurz vor dem Schlafengehen alleine in meiner Kammer sitze. Nun habe ich ja zum Glück den Ansporn, dann Englisch zu lernen.
Ich freue mich schon sehr auf den Zwölften, wenn ich wieder Deine Stimme hören kann.

Bis dahin, in Liebe
Deine Lena

Inzwischen konnte man bereits kleine Atemwölkchen sehen, wenn man am Vormittag raus in den Hinterhof stiefelte. Ich packte mir den Weidenkorb, der an der Hauswand lehnte, und lief in Richtung Hühnergehege. Mittlerweile kannte ich die meisten Eierverstecke der Hühner, trotzdem fühlte ich mich immer wie ein Kind an Ostern, wenn ich ihr Revier nach den Schätzen absuchte. Es war eine meiner liebsten

Tätigkeiten auf dem Hof und meistens ließ ich mir etwas mehr Zeit als nötig.

Ich vermisste mein Leben als Fotografin. Vergangenes Jahr um diese Zeit war ich inmitten des quirligen Lebens in München gewesen und hatte an der Schule mit Begeisterung Vorträge über Technik, Beleuchtung und Material des Fotografierens angehört. In der Mittagspause waren Luise und ich häufig über den Viktualienmarkt geschlendert und hatten die angebotenen Köstlichkeiten bewundert, während wir selbst unsere mitgebrachten Butterbrote aßen.

Es half nichts, der Vergangenheit nachzuhängen, schalt ich mich. Sobald ich dieses Jahr überstanden hatte, würde ich meine Energie wieder ganz auf das Fotografieren konzentrieren können.

War es tatsächlich so? Was war mit Robert? Welche Rolle würde er spielen, wenn das Jahr vorüber war? Obwohl wir uns noch nicht lange kannten, konnte ich ihn nicht mehr aus meinem Leben wegdenken. Er gehörte zu mir wie meine Eltern, Jakob oder Luise. Galt es nicht vielmehr, das Jahr des Reichsarbeitsdienstes hinter mich zu bringen, um endlich mit Robert zusammen sein zu können?

Die Bäuerin rief mich ins Haus. Ich sollte der Großtante noch beim Zubereiten des Mittagessens helfen, bevor ich mich auf Frieders Fahrrad schwingen konnte, um nach Ulm zu radeln. Es war heute so kalt, dass es mich schon vor der Fahrt graute.

Mein Tuch eng um den Kopf gebunden und mit wollenen Handschuhen einigermaßen geschützt vor der Kälte, machte ich mich auf den Weg nach Ulm. Gestärkt durch einen warmen Teller Suppe, trat ich in die Pedale. Die Luft war feucht und auf Mantel und Fahrrad bildete sich eine glänzende Schicht kleiner Wassertropfen. Der Fahrtwind war richtig kalt und nach kurzer Zeit schmerzten meine Wangen. Die Fahrt durch die Natur, die ich schon viele Male genossen hatte, kam mir heute furchtbar lang vor.

Große Erleichterung fühlte ich, als ich auf meinem Weg an der Donau die alte Stadtmauer von Ulm auftauchen sah. Ich bog nach links Richtung Hauptbahnhof ab. Meine Augen suchten nach einem geeigneten Abstellplatz für das Fahrrad und ich verlangsamte meine Fahrt. Da entdeckte ich Jakob. Er stand vor dem Haupteingang der Post und schaute suchend in die Ansammlung von Passanten. Auf mein Rufen drehte er sich zu mir.

»Magda, ich hab auf dich gewartet.« In seiner Stimme meinte ich Besorgnis zu hören.

»Holst du mich heute ab?« Mit fröhlichem Ton versuchte ich, meine Beunruhigung zu überspielen.

»Ich möchte dir gern etwas zeigen«, fuhr er ernst fort.

»Ist zuhause alles in Ordnung?«

»Ja, ja«, antwortete er eher beiläufig, er war offensichtlich mit seinen Gedanken woanders. »Vor drei Tagen wurde die Synagoge in Brand gesetzt. Die SA hat den Rabbi und einige Ulmer Juden auf den Weinhof gebracht. Sie wurden gezwungen, einzeln oder zu zweit in das eiskalte Wasser des Brunnentrogs zu steigen. Der Rabbi wurde so schwer misshandelt, dass er ins Krankenhaus eingeliefert werden musste. Manche der Juden wurden von der Polizei in Schutzhaft genommen.«

Jakob hielt kurz inne, aber ich merkte, dass er noch nicht fertig war. »Günther und ich waren an dem Abend in der Wirtschaft, um ein Bier zu trinken. Als wir uns spätabends auf den Nachhauseweg machen wollten, trafen wir auf einen anderen Klassenkameraden. Er kam vom Weinhof und erzählte uns aufgeregt von den Ereignissen. Wir konnten ihm erst nicht recht glauben und liefen Richtung Synagoge. Brandgeruch schlug uns entgegen, aber sie stand noch. Die Löscharbeiten waren schon fast abgeschlossen.«

Während seiner Erzählung hatte er mich in Richtung Weinhof geführt. »Im ganzen Land haben von Mittwoch auf Donnerstag Synagogen gebrannt. Jüdische Geschäfte wurden zerstört und geplündert. Im Radio haben sie behauptet, dass sich der Volkszorn auf die Juden entladen hätte.« Sein letzter Satz klang wütend.

Wir standen vor der ausgebrannten Synagoge. Ich konnte mir die Ereignisse von Mittwochnacht nicht vorstellen, obwohl ich den Beweis direkt vor meinen Augen hatte. Insgeheim fühlte ich mich schuldig, dass ich von allem nichts mitbekommen hatte. Wenn am Abend der Volksempfänger eingeschaltet wurde, schlich ich mich in mein Zimmer, um englische Vokabeln zu lernen. Über Politisches wurde tagsüber nicht geredet, schließlich hatte jeder seine Arbeit zu verrichten. Außer den Bauern schien es die anderen Bewohner des Hofes auch nicht besonders zu interessieren.

Jakob zog mich am Ärmel und gab mir zu verstehen weiterzugehen. Er beugte sich näher zu mir heran und sprach leise: »Magda, ich habe Angst vor dieser Regierung. Sie scheint vor nichts Halt zu machen und wer ihr nicht würdig erscheint, dabei zu sein, dem zeigt sie ihre hässliche und gefährliche Fratze.«

Ich schwieg. Ich war erschrocken und wusste nicht, was ich sagen sollte. Jakobs intensive Mitteilung seiner Gefühle beunruhigte mich. Noch nie hatte ich ihn so finster erlebt. Er war sonst immer mein Sonnenschein und nun ging er wie ein verschrecktes Tier neben mir. Ich wollte ihn trösten, ihm Mut zusprechen, aber wusste nicht, wie. Wir waren wieder einige Schritte gegangen, als Jakob wieder einmal über ein nicht existierendes Hindernis stolperte und sich gerade noch fing. Ich hakte mich bei ihm unter und schaute ihn von der Seite an. Seine Gesichtszüge entspannten sich ein wenig und mir wurde klar, dass nicht immer Worte in einer Situation entscheidend sind.

Kapitel 8

Die Tage wurden immer kürzer. Die Arbeitszeit war kaum geringer, aber das Tageslicht beschränkte sich auf ein paar spärliche Stunden. Es schien mir, als würde die Welt hier auf dem Land sich auf den Winterschlaf vorbereiten.

Bis Weihnachten war es nicht mehr lang. Ich hatte mir angewöhnt, ab und zu statt dem abendlichen Englischlernen zu Frieder in die so genannte Werkstatt zu gehen. Ein kleiner Zwischenraum zum Heuschober, der vollgestellt war mit allerlei Gerümpel und landwirtschaftlichen Geräten. Frieder reparierte hier Besen, Rechen, alles Mögliche, was das Jahr über zu Bruch gegangen war und nicht notwendigerweise sofort geflickt werden musste.

Außerdem schnitzte er wunderschöne Holzfiguren, überwiegend waren es Abbilder von Tieren. Für mich war er ein wahrer Künstler. Es gelang ihm, jedes kleine Detail so herauszuarbeiten, dass die Figuren richtig lebensecht aussahen und das Gefühl entstand, sie würden im nächsten Moment davonlaufen oder wegfliegen.

Ich hatte mir vorgenommen, für Robert einen hölzernen Ulmer Spatz zu schnitzen. Frieder hatte mir gezeigt, welches Holz sich am besten verarbeiten ließ, wie ich das Messer halten sollte und wie man mit kleinen Tricks tolle Effekte erzielen konnte. Ein paar Mal hatte ich schon danebengeschnitzt. Ihm war es wiederholt gelungen, meine Fehler zu korrigieren. Allerdings nicht, ohne zu bemerken: »Weg ist weg. Wenn du noch mal zu viel wegschneidest, kann ich dir auch nicht mehr weiterhelfen.«

Meistens arbeiteten wir schweigend, nah gedrängt an einen kleinen Bollerofen in der Mitte des Raumes, der jedoch nicht den gewünschten Wärmegrad erreichte.

Am Abend zuvor hatte uns Großtante Eda erstmals Gesellschaft geleistet. Als die Tür knarrte, befürchtete ich zunächst, der Bauer würde vorbeischauen und Frieders Arbeit begutachten. Glücklicherweise stand Eda in der Tür, einen kleinen Korb in der Hand, der ihre Strickutensilien enthielt.

Ohne dass sie ein Wort gesagt hatte, bot Frieder ihr seinen Stuhl an und kramte aus dem Stapel von Gelagertem einen Hocker für sich hervor. Nach der kurzen Unterbrechung hatten wir etwa zehn Minuten weiter vor uns hingearbeitet, als Eda plötzlich zu sprechen begann: »Magda, als ich in deinem Alter war, gehörten zu diesem Hof noch viel mehr Äcker als jetzt, wir hatten die prächtigsten Pflugpferde im Dorf und mein Schwiegervater war ein angesehener Mann im Ort. Ich war damals gerade frisch verheiratet. Es war eine wunderschöne Hochzeit gewesen, müsst ihr wissen. Das ganze Dorf machte sich in einem Zug auf den Weg zur Kirche. Angeführt wurde er von den Musikern. Ich war natürlich herrlich ausstaffiert für den besonderen Anlass. Meine Mutter und meine Tante hatten mein Haar kunstvoll nach oben gebunden und kleine rosa Seidenblumen in meinen Zopf geflochten. Neben meinem Bräutigam spazierte ich durch das Dorf und meinte vor lauter Glück platzen zu müssen.«

Ich hatte aufgehört zu schnitzen und lauschte gebannt ihren Worten. Auf ihr Gesicht war ein Leuchten getreten. Man konnte erahnen, dass sie nicht mehr bei uns in dem schlecht geheizten Schuppen saß, sondern als Braut noch einmal Momente ihres Ehrentags erlebte. Ich konnte mich nicht mehr an meinen Großonkel erinnern. Er war bereits gestorben, als ich ein kleines Kind war.

»Nach dem Krieg«, setzte sie wieder an, »haben wir dann viel von unserem Land verkaufen müssen. Die Pferde mussten wir schon früher abgeben. Unser Sohn kam mit einer schweren Kriegsverletzung nach Hause, aber er hatte überlebt. Sobald er sich erholt hatte, waren er und mein Mann Willi davon beseelt, den Hof wieder zu seiner ehemaligen Blüte zu bringen. Willi hat immer auf einen neuen Kaiser gewartet. Mit der neuen Republik konnte er sich nicht anfreunden. Aber ich denke, an Hitler hätte er seine Freude gehabt. So wie Adalbert. Nur, diesen Wechsel hat er nicht mehr erlebt.«

Ich hatte Hitler bisher weder in Verbindung mit dem letzten Kaiser gebracht noch war ich auf den Gedanken gekommen, dass es eine bedauerliche Tatsache wäre, ihn nicht mehr erleben zu können. Für mich machte es keinen Unterschied, wer an der Spitze der Regierung stand – solange sie keinen wesentlichen Einfluss auf mein Leben nahm.

Während ich langsam weitere kleine Stücke aus dem Holz schnitt, wurde mir plötzlich meine Naivität bewusst. Wer hatte mich denn zu diesem Jahr Reichsarbeitsdienst verpflichtet? Was würde ich jetzt wohl tun, wenn ich nicht auf diesem Hof mitarbeiten müsste? Vermutlich hätte ich versucht in Berlin eine Stelle als Fotografin zu bekommen und ich könnte Robert jeden Tag sehen.

Zwar genoss ich die Gesellschaft von Frieder und Eda, aber viel lieber würde ich in der Hauptstadt meine ersten Erfahrungen in meinem Beruf machen und vor allem mit Robert zusammen sein. Diese Regierung verhinderte, dass ich meine Wünsche erfüllen und meine Pläne verwirklichen konnte. Plötzlich war mir klar, wie groß dieser Eingriff war! Wie konnte es mir da egal sein, wer an der Spitze der Regierung stand?

Kapitel 9

Weihnachten stand vor der Tür. Die Erkenntnisse der letzten Wochen über unsere Regierung waren nicht spurlos an mir vorbeigegangen. Aber ich hatte mich entschieden, dieses Jahr hinter mich zu bringen und dann meine eigenen Wege zu gehen. Ich konnte nicht leugnen, dass auch einfach Bequemlichkeit dahintersteckte. Ich wusste sowieso nicht, was ich dagegen hätte tun können, und ich wollte auch keine Energie darauf verwenden, darüber nachzudenken.

Der Bauer hatte mir erlaubt, die Weihnachtsfeiertage bei meiner Familie zu verbringen. Ich war zu Fuß auf dem Weg nach Erbach, um mit dem Bus nach Ulm fahren zu können. Frieder hatte darauf bestanden, mich zu begleiten. Er lief neben mir, sein Fahrrad schiebend, an dessen Lenker meine Tasche baumelte, die die Geschenke an meine Familie enthielt.

Kurz bevor wir losgegangen waren, hatte ich mich in die Zimmer von Eda und Frieder geschlichen, um dort eine Kleinigkeit zu hinterlassen. Für Großtante Eda hatte ich eine Fotografie, die ich vor kurzem von ihr gemacht hatte und auf der sie besonders jung wirkte, entwickelt, als ich das letzte Mal in Ulm gewesen war. Auch für Frieder hatte ich eine schöne Aufnahme, sogar zusammen mit seiner Maria.

Schon Anfang Dezember hatte sich nämlich für mich die Gelegenheit ergeben, seine Freundin Maria kennen zu lernen. An einem Sonntag begleitete ich ihn auf seinem üblichen Weg nach Bach.

Sie trat bereits aus der Tür, als wir die Hofeinfahrt überschritten. Eine vor sonnigem Gemüt strahlende, kernige blonde Frau Ende dreißig kam uns entgegen. Bevor sie Frieder begrüßte, drückte sie mich kräftig an sich. Sie freute sich offensichtlich, mich kennen zu lernen. Es war ganz einfach, sie zu mögen.

Wir verbrachten zusammen zwei herrliche Stunden mit viel Reden und Lachen. Sie hatte für uns extra Kuchen gebacken. Ich glaubte, noch nie einer lebenslustigeren Frau begegnet zu sein. Bevor ich mich wieder allein auf den Heimweg machte, ließ ich die beiden vor einem kahlen Apfelbaum posieren.

Das Foto hatte ich nun für beide entwickelt. Nachdem Vater von meinem Vorhaben erfahren hatte, ließ er es sich nicht nehmen, drei passende Bilderrahmen anzufertigen. Dafür drückte ich ihn vor Dankbarkeit heftig.

Frieder und ich hatten nun Erbach erreicht. Er kannte sich im Ort besser aus als ich und lotste mich zur Bushaltestelle. Laut Fahrplan hatte ich noch gute fünf Minuten, bis der Bus eintraf. Aber ich wollte mich gleich und ohne Zeitdruck von ihm verabschieden. Ich nahm meine Tasche und sagte: »Frieder, ich wünsche dir und Maria ein schönes Weihnachtsfest.«

Ich war überrascht, als er mich umarmte. Frieder war ein Mensch, dem Körperkontakt nicht viel bedeutete, und nun standen wir gemeinsam an der Haltestelle und umarmten uns. Innerlich musste ich lächeln. Langsam machte er sich von mir los.

»Magda, das wünsche ich dir auch. Dir und deiner Familie.«

Dann zog er ein in ein Stofftaschentuch gewickeltes Etwas aus seiner Jackentasche hervor.

»Das ist für dich.« Er drehte sich um und stieg auf sein Fahrrad.

»Vielen Dank!«, rief ich. Er hob seinen Hut zum Gruß und fuhr davon.

Ich war froh, im beheizten Bus zu sitzen, Richtung Ulm, mit der Aussicht auf drei freie Tage mit meiner Familie, ohne Arbeit oder frühes Aufstehen.

Ein Paket an Robert hatte ich vor knapp zwei Wochen losgeschickt. Er war jetzt schon auf dem Weg nach England, um die Weihnachtsfeiertage und Silvester bei seiner Familie zu verbringen. Wir hatten verabredet, dass ich versuchen sollte, ihn am ersten Weihnachtsfeiertag anzurufen. Für die Engländer war das der eigentliche Weihnachtsfeiertag.

Weihnachten lief sehr harmonisch ab. Wir besuchten den Gottesdienst im Münster, sangen Weihnachtslieder, tauschten Geschenke aus und Mutter zauberte ein herrliches Festtagsessen auf den Tisch, sodass schließlich unsere Bäuche schon wehtaten. Auf dem Spaziergang nach dem üppigen Essen gelang es mir, meine Eltern zu überreden, mich kurz in den »Russischen Hof« gehen zu lassen, damit ich versuchen konnte, eine Verbindung nach England zu bekommen. Nachdem mich die freundliche Stimme der Vermittlung um einen Moment Geduld gebeten hatte, versuchte ich fieberhaft einen englischen Satz im Kopf zusammenzustellen, doch es war Roberts vertraute Stimme, die sich meldete.

Im Hintergrund war es furchtbar laut, ich konnte ihn kaum verstehen. Es hatte sich wohl die komplette Verwandtschaft im Hause der Avendors versammelt. Ich stellte es mir wundervoll vor, mit einer großen Familie feiern zu können. Wir begingen Weihnachten für gewöhnlich nur im kleinen Familienkreis. Dieses Jahr hatten uns Onkel und Tante am zweiten Feiertag ausnahmsweise zum Abendessen eingeladen.

Aufgrund des Lärmpegels war unser Gespräch kurz. Er erkundigte sich nach dem Weihnachtsessen, den Geschenken und meinen Plänen für Silvester. Als die Verbindung abbrach, blieb ich ihm die Antwort schuldig, ob seine Post an mich schon angekommen war. Das war sie leider nicht. Ich dachte an meine wartende Familie und beschloss, keinen weiteren Versuch zu unternehmen, um Robert das noch mitzuteilen.

Meine Eltern beobachteten den Betrieb auf den Bahngleisen und Jakob lehnte an einer Mauer, als ich nach draußen trat. Er sah müde aus.

»Dir wäre es wohl lieber gewesen, dich nach dem Essen hinzulegen, anstatt spazieren zu gehen?«, neckte ich ihn.

»Ich fühle mich tatsächlich etwas schlapp. Als würden meine Beine aus Gummi bestehen.« Er lächelte matt. »Wahrscheinlich habe ich einfach zu viel gegessen.«

Irgendwie klang das merkwürdig in meinen Ohren, aber ich konnte nicht ausmachen, woran es lag. Meine Gedanken waren noch bei dem Telefonat mit Robert, das ein unangenehmes Gefühl bei mir hinterlassen hatte. Es erschien mir so steril, fast wie eingeübt. Als hätte sich mein Anruf als lästig herausgestellt, nun, da er im heimatlichen Fleetwood andere Dinge im Kopf hatte. Vielleicht täuschte ich mich auch. Doch meine feierliche Stimmung war verschwunden.

Am Nachmittag des darauffolgenden Tages machten wir uns auf den Weg zum Bauernhof in Ersingen, meinem Arbeitsplatz, zu dem ich viel zu früh zurückkehren musste. Doch es gab noch einen Lichtblick. Luise hatte mich und Jakob zu sich nach Günzburg eingeladen. Sie wollte an Silvester eine Feier veranstalten. Meine Eltern hatten vor, während des Abendessens ein paar gute Worte für mich einzulegen, damit ich wenige Tage später wieder von der Arbeit fehlen konnte.

Jakob saß im Bus neben mir und ich zog Frieders Geschenk aus der Tasche, um es noch einmal zu bewundern. Es war eines seiner kleinen Schnitzkunstwerke und zeigte mich mit einer Kamera. Es war erstaunlich, wie genau er mich getroffen hatte. Meine ganze Familie staunte darüber. Es war eine wunderschöne Arbeit.

Als wir aus dem Bus stiegen, hakte Jakob sich bei mir unter. Er begann von dem Buch zu erzählen, das er momentan las. Es war spannend, ihm zuzuhören. Er war ein ausgezeichneter Erzähler und es war viel amüsanter, als selbst das Buch zu lesen. Jedenfalls für mich, die nie viel Geduld für Bücher aufgebracht hatte. So verging der Weg wie im Flug.

Einmal angekommen, zeigten Frieder und ich Jakob die Tiere und den Hof, während sich unsere Eltern gleich in die warme Stube drängten. Es stellte sich heraus, dass Frieder und ich uns gegenseitig kein schöneres Geschenk hätten machen können.

Als wir ebenfalls in die Wärme des Zimmers traten, rauchten Vater und sein Cousin Pfeife und sprachen über Hitler. Mutter hatte übernommen, was sonst meine Aufgabe war, und half bei der Zubereitung des Abendessens. Noch etwas war verändert. Während meiner Zeit auf dem Hof hatte ich Irmgard nie so lebhaft und gelöst gesehen. Ja, sie plapperte geradezu wie ein junges Mädchen mit meiner Mutter. Es war schön, diese Veränderung an ihr zu bemerken.

Der Abend verging schnell und das Bauernehepaar war in guter Stimmung, sodass sie mich gerne an Silvester und Neujahr aus dem Arbeitsdienst entließen.

Kapitel 10

Die verkürzte Woche verging schnell, und ehe ich es mich versah, saß ich wieder auf Frieders Fahrrad Richtung Ulm und fror mir, wie mir schien, sämtliche Gliedmaßen ab. Welcher Luxus, die letzten beiden Male mit dem Bus unterwegs gewesen zu sein. Ich freute mich auf das heiße Bad, das ich mir später machen wollte. Ich würde so lang darin liegen bleiben, bis meine Haut rot wie ein Krebs und total verschrumpelt aussah.

Frisch gebadet und mit Lockenwicklern in den Haaren kam ich in die Küche. Ich hatte Luise versprochen, Kartoffelsalat und Kuchen zur Feier mitzubringen. Da Jakob auch eingeladen war, hatte er mir zugesichert, zu helfen. Seine Nase hatte er bereits in Mutters selbstgeschriebenes Rezeptbuch gesenkt. In diesem Moment sah er so unbeschreiblich liebenswert aus, dass ich ihm über seine Haare streicheln und ihn auf den Kopf küssen musste. Überrascht sah er zu mir auf.

»Na, ich dachte schon, dass du heute gar nicht mehr aus dem Bad herauskommst und ich die komplette Verantwortung für das Essen tragen muss.«

Ich schmunzelte. »Schließlich muss ich mich doch für heute Abend hübsch machen.«

»Was würde dein Robert wohl dazu sagen, wenn er wüsste, dass du dich für andere Männer schön machst?«, entgegnete er frech.

»Nun, erstens möchte ich nur für mich und nicht für andere Männer hübsch aussehen und zweitens weiß ich gar nicht, ob Robert das so schlimm finden würde.«

Ich hatte erfolglos versucht, meine Enttäuschung darüber zu verbergen, dass Roberts Weihnachtspost nicht angekommen war, wenn er denn etwas losgeschickt hatte. Es war mir nicht wichtig, ein Geschenk von ihm zu bekommen. Ich wollte einen kleinen Hinweis darauf haben, dass er an Weihnachten, dem Fest der Liebe, an mich gedacht hatte.

Da Jakob mich gar so fragend ansah, erzählte ich ihm von meinen Zweifeln. Als Außenstehender betrachte er die Sache objektiv und suchte nach logischen Gründen. Am wahrscheinlichsten schien ihm, dass die Post über die Feiertage ein zu großes Arbeitspensum zu bewältigen hatte, sodass Roberts Brief aus Berlin nicht pünktlich zugestellt werden konnte. Berlin-Ulm war schließlich eine weite Strecke.

Es war einfach süß, wie er versuchte, meine Bedenken zu zerstreuen. Wir stellten die Kartoffeln auf den Herd und begannen mit dem Kuchenrezept. Wie zu unserer Kinderzeit alberten wir herum und naschten zu viel von der rohen Teigmasse. Mein Bruder hatte es geschafft, meine Stimmung zu heben, und ich freute mich auf den letzten Abend des Jahres bei meiner Freundin Luise.

Um kurz nach sechs Uhr abends standen wir am Bahnhof und warteten auf unseren Zug. Jakob trug einen Anzug und sah richtig gut aus. Auf dem Weg zum Bahnhof hatte ich einige junge Frauen heimlich in seine Richtung blicken sehen. Ich trug das Kleid unserer Schulabschlussfeier, das Luise für mich genäht hatte. Es war dünn und ich fror unter meinem Wintermantel.

Die mir bekannte Strecke verging wie im Flug. Jakob saß mir gegenüber, den Kartoffelsalat auf den Knien. Am Bahnhof in Günzburg musste ich mich kurz orientieren, bis ich mich wieder an den Weg zu Luises Elternhaus erinnern konnte.

Luise hatte die Erlaubnis ihres Vaters bekommen, in den Geschäftsräumen zu feiern. In der Mitte des Raumes, der sonst als Aufenthaltsraum für die wartenden Kunden diente, waren zwei Tische zu einer großen Tafel zusammengestellt worden. Der Tisch war bereits gedeckt und mit Blumen und Kerzen dekoriert. Außerdem hatten Luise und ihr Verlobter Gerd im ganzen Laden Luftschlangen und Lampions aufgehängt.

Schließlich waren wir zwölf Leute, die sich am Tisch niederließen. Gerd achtete darauf, dass jeder Gast neben dem Essen gut mit Punsch versorgt war, und so wurde aus uns schnell eine lustige Runde. Jakob saß neben Luises jüngerer Schwester und schien sich ausgezeichnet mit ihr zu unterhalten. Ich genoss es, wieder einmal mit Luise reden zu können. Wir waren schließlich während unserer Ausbildung unzertrennlich gewesen und hatten uns seit einem halben Jahr nicht mehr gesehen. Sie hatte mittlerweile im Geschäft ihres Vaters zu arbeiten begonnen und Gerd und sie wollten im Februar heiraten. Ich fand das alles viel aufregender als mein momentanes Leben. Es war wunderschön, ihr zu lauschen und ihr herzliches Lachen zu hören. Von mir und meinem Leben auf dem Bauernhof meiner Verwandten wollte ich ungern erzählen. Es wurde mir auch nicht schwer gemacht, das zu vermeiden.

Nach dem Essen wurden die Tische zur Seite geschoben und Gerd schaltete das Radio an. Der Raum wurde zum Tanzsaal umgewandelt. Gerd entführte Luise auf die Tanzfläche und ehe ich mich versah, wurde auch ich um einen Tanz gebeten. Nach einer flotten Runde suchte ich nach einer Sitzgelegenheit. Nicht nur durch das viele Herumwirbeln war mir schwindlig geworden. Ich trank sonst fast nie Alkohol und für mich hatte es der Punsch in sich. Auf keinen Fall wollte ich das neue Jahr mit Übelkeit begrüßen, daher bat ich einen von Luises Freunden, mir ein Glas Wasser zu holen.

Meine ganze Konzentration lenkte ich darauf, dass mir langsam weniger schwindlig wurde, daher bekam ich nur am Rande mit, wie sich die Ladentüre öffnete, dabei die Glöckchen streifte und Luise zu ihrem Vater eilte. Mein freundlicher Tanzpartner hatte mir zwischenzeitlich ein Glas Wasser gebracht. Er hatte ein Gespräch mit mir angefangen, das sich hauptsächlich um gute Vorsätze für das kommende Jahr drehte, als Luise mit einem schelmischen Gesichtsausdruck zu mir trat.

»Ich glaube, da ist jemand für dich.«

Sie trat aus meinem Blickfeld und da stand Robert. Ich konnte es nicht glauben! Bevor ich mich versah, lag ich in seinen Armen und er wirbelte mich lachend herum.

»Aber wie kommst du hierher?«, fragte ich ihn, als ich wieder Luft bekam.

Luise bedeutete uns, dass wir uns in dem Raum, in dem sonst die Fotos gemacht wurden, ungestört unterhalten konnten.

Ich zog ihn hinter mir her, und kaum waren wir hinter dem Schutz des Vorhanges, küsste ich ihn. Die Sehnsucht nach ihm und seinem Körper war so groß gewesen, dass sie mich jetzt übermannte und ich ihn nie wieder loslassen wollte. Zärtlich dirigierte er mich auf eine Sitzbank.

»Ich kann es immer noch nicht glauben«, setzte ich wieder an, »wieso bist du hier?«

»Dein süßes, wunderschönes Weihnachtsgeschenk, wie hätte ich da nicht kommen können?«, fragte er mich lächelnd zurück.

Ich hatte es Mitte Dezember schließlich geschafft, den kleinen Holzspatz fertigzustellen. Er war weit von Frieders Kunstwerken entfernt, doch man konnte erkennen, welches Tier ich gemeint hatte. Dazu hatte ich geschrieben: »Dein Ulmer Spatz wartet auf dich.« Obwohl ich diesen Satz eher allgemein gedacht hatte, war ich sehr froh, dass Robert ihn ganz persönlich interpretiert hatte.

»Weihnachten war dieses Jahr ganz anders als sonst. Ich meine, eigentlich war es so wie immer, nur ich war anders. Ich hab mich dort nicht mehr heimisch gefühlt. Ich wollte nur bei dir sein. Ich vermute, meine Eltern waren ziemlich enttäuscht, als ich ihnen vor zwei Tagen eröffnet habe, dass ich nicht bis Neujahr bleiben werde. Einer meiner Cousins hat mich in seinem Auto bis nach London gefahren. Von dort habe ich mir ein Busticket nach Dover gekauft. Auf der Überfahrt lernte ich einen lustigen Typen kennen, der mit seinem Auto nach Stuttgart zu seiner Freundin fuhr. Der hat mich mitgenommen. Das war eine kurzweilige Fahrt, kann ich dir sagen. Den restlichen Weg habe ich mit dem Zug hinter mich gebracht. Aber das Schwierigste war, den Weg in Günzburg zu Luises Haus zu finden. Ich bin fast zwei Stunden herumgeirrt. Es scheint heute niemand auf der Straße zu sein, daher habe ich irgendwann einfach an einer Tür geklingelt und nach dem Weg zum Fotoatelier gefragt.«

Es war überwältigend, welchen Aufwand er betrieben hatte, um bei mir sein zu können. Ich schämte mich meiner Zweifel, die mich noch am Nachmittag betrübt hatten. Nun war ich unendlich glücklich, dass er da war, und das sagte ich ihm. Dieses Mal nahm er mein Gesicht in seine Hände und küsste mich.

»Warte.« Er ließ seine Hand in der Innentasche seines Jacketts verschwinden und förderte eine kleine Pappmaché-Schachtel zu Tage. »Das ist für dich, Lena.«

Als wäre sein Kommen nicht Geschenk genug gewesen! Vorsichtig öffnete ich die Schachtel. Darin war ein silberner Anhänger an einem schwarzen Lederband. Es waren in sich verschlungene Spiralen und für mich sah es keltisch aus.

»Es ist wunderschön. Vielen Dank.«

»Ich habe es in einem Laden in Blackpool gekauft. Man nennt es Triskele. Das Amulett beschreibt den Weg des Lebens mit seinen verschlungenen Pfaden. Als Symbol für Vergangenheit, Gegenwart und Zukunft soll es dich vor Unglück schützen und das Böse abwenden.«

Ich strich mir die Kette über den Kopf. Das Metall fühlte sich kalt auf meiner Haut an. »Ich bin glücklich«, sagte ich zu Robert.

»Hey, ihr zwei, wollt ihr etwa das neue Jahr verpassen? Es sind nur noch wenige Minuten!« Luise hatte gutgelaunt ihren Kopf durch den Vorhang gesteckt.

»Nein, wir kommen schon!«, rief ich und tanzte förmlich an der Hand von Robert zu den anderen.

Nachdem die Feier gegen drei Uhr morgens langsam ausgelaufen war, Freunde verabschiedet waren und die Übernachtungsgäste sich müde auf den Sofas niedergelassen hatten, gingen Robert und ich durch die leeren Straßen der Stadt. Ab und zu begegnete uns jemand, der auf dem Heimweg war.

»Zuhause«, setzte Robert an, »rieten mir meine beiden Onkel, meinen Aufenthalt in Deutschland so bald als möglich zu beenden. Sie befürchten, dass Hitler nichts Gutes im Schilde führt.«

»Was meinen sie damit?«

»Krieg.«

»Aber gerade die in der Regierung beteuern doch, dass ein Krieg das Letzte wäre, was sie wollen.«

Robert nahm meine Hand. »Ich weiß, dass meine beiden Onkel ein Gespür für politische Zusammenhänge haben. Sie haben sich, schon seit ich denken kann, politisch engagiert. Als Journalist sollte ich auch zwischen den Zeilen lesen können, aber in dieser Sache bin ich mir nicht sicher.«

»Was wirst du tun?«

»Keine Angst. Mein Vertrag läuft bis Juli. Bis dahin werde ich auf jeden Fall in Deutschland bleiben. Dann wird man sehen.«

Ich seufzte. »Ich muss noch bis August auf dem Bauernhof arbeiten. Es ist für mich kaum zu glauben, dass ich noch nicht einmal die Hälfte der Zeit hinter mir habe.«

»Im Sommer werden Veränderungen auf uns zukommen.« Robert beugte sich zu mir herüber und gab mir einen Kuss auf die Wange.

Wir spazierten die restliche Nacht durch die kleine Stadt. Roberts Zug nach Berlin über Augsburg ging bereits um 6.37 Uhr, und die Zeit mit Schlafen zu verschwenden, wäre ohnehin nicht in Frage gekommen. Am Bahnhof versprachen wir uns, uns an Ostern wiederzusehen. Als der Zug einfuhr, küssten und umarmten wir uns. Es war schwer für mich, ihn gehen zu lassen, nicht mit in den Zug einzusteigen. Vermutlich ging es ihm ähnlich, denn auch er wollte den Zeitpunkt des Abschiedes hinauszögern. Schließlich musste er einsteigen und ich winkte, bis der Zug außer Sichtweite war. Ich kam mir furchtbar einsam vor. Als wäre mir etwas geschenkt und nach kurzer Zeit wieder weggenommen worden. Langsam machte ich mich auf den Weg zurück zu Luise. Durchgefroren kam ich bei ihrem Haus an. Im Atelier schliefen alle noch und ich versuchte keinen Lärm zu verursachen. Ein Sessel in der Ecke war leer geblieben. Ich machte es mir gemütlich, so gut es eben ging, und deckte mich mit meinem Mantel zu. Durch die Wärme im Zimmer wuchs meine Müdigkeit.

Beim Wachwerden spürte ich ein unangenehmes Ziehen im Nacken. Meine Schlafstätte hatte einiges an Bequemlichkeit vermissen lassen. All die andern schienen bereits wach zu sein. Die Tische wurden für ein Frühstück wieder in die Mitte gerückt. Ich schloss noch einmal meine Augen. Am liebsten wäre ich jetzt allein gewesen.

Kurz nach dem Frühstück waren Jakob und ich zurückgefahren. Ich hatte mir etwas Warmes angezogen und mich auf den Weg zum Hof gemacht. Dieses Mal war es mir besonders schwergefallen, mich von meiner Familie zu verabschieden. Es war dunkel, als ich das Fahrrad auf den Hof lenkte. Ich verzichtete auf das Abendessen und ging sofort in meine Stube.

Ich saß am Tisch, mein Lehrbuch für Englisch aufgeschlagen, meinen Notizblock vor mir, und schaute aus dem Fenster. Es gelang mir nicht, mich zu konzentrieren. Die Sterne waren zu verlockend. Und meine Träume, wenn ich sie anschaute, zu schön. Ich hatte am Morgen gespürt, dass sich in mir etwas verändert hatte. Erst im Verlauf des Tages wurde die Erkenntnis deutlicher. Das Gefühl einer tiefen Verbundenheit mit Robert, die ich nie mehr aufgeben wollte. Ich würde ihm überallhin folgen. Mit ihm zusammen zu sein, war mir jetzt das Wichtigste im Leben.

Kapitel 11

Der Januar und Februar waren die längsten Monate des Jahres. Das hatte ich immer so empfunden und dieses Jahr auf dem Hof wurde meine Empfindung noch stärker. Die Radfahrten nach Ulm waren äußerst beschwerlich, sodass mir sogar der Gedanke kam, Robert einfach nur zu schreiben. Diese Überlegung war natürlich wie weggeblasen, wenn ich in der engen Telefonkabine saß. Aber bis dahin war der Weg weit. Die Erde war gefroren und der Fahrtwind schnitt mir ins Gesicht.

Auf einer meiner Rückfahrten erkältete ich mich derart, dass ich am nächsten Tag mit Fieber im Bett lag. Der Bäuerin gefiel das nicht. Aber Eda umhegte mich besonders herzlich, brachte mir Pfefferminztee und warme Brühe. Ich mochte es nicht, untätig im Bett zu liegen. Meine Langeweile versuchte ich mit Büchern zu vertreiben. Für die englischen Vokabeln konnte ich mich nicht genug konzentrieren. Ab und zu kam Frieder vorbei und erzählte mir von seinem Tag und den bevorstehenden Aufgaben. Ich schätzte seine Sorge um mich. War er doch ganz gegen seine Art bei den Besuchen gezwungen, viel zu erzählen. Am dritten Tag fühlte ich mich wieder so weit in Ordnung, dass ich aufstand und Eda in der warmen Küche half. Nach draußen in die Kälte wollte sie mich nicht lassen.

Ende Februar heirateten Luise und Gerd. Ich hatte wieder nur das Kleid anzuziehen, das mir Luise zu unserem Abschied genäht hatte, und schämte mich dafür. Aber ich wollte alles von dem bisschen Geld, das ich verdiente, für eine Fahrt nach Berlin sparen. Daher kaufte ich mir keinen neuen Stoff, sondern gab lieber etwas mehr Geld für das Geschenk des Brautpaares aus. Jakob war ebenfalls eingeladen worden und ich freute mich, dass wir gemeinsam gehen konnten.

Die beiden Brautleute würden nach der Hochzeit in das Haus von Luises Eltern ziehen. Luise hatte mir gegenüber beteuert, dass sie auch nach der Heirat weiterhin im Geschäft des Vaters mitarbeiten wollte. Jedenfalls so lange, bis das erste Kind der beiden auf die Welt käme. Ich fand es irgendwie chic, auf jeden Fall modern, wie Luise sich ihre Zukunft ausmalte. Irgendwann wollte sie komplett den Fotoladen übernehmen.

Ich dachte an meine eigene Zukunft. Wie sollte es für mich Ende August weitergehen, wenn mein Reichsarbeitsdienst beendet war? Was würde Robert tun, dessen Stelle einen Monat eher auslief? Ich musste unbedingt daran arbeiten, an Ostern die Berlinreise antreten zu können. Diese wichtigen Fragen wollte ich persönlich mit ihm klären.

Luise sah an diesem Tag mit ihrem wunderschönen Brautkleid unbeschreiblich glücklich aus. Es war leicht, sich mit den beiden zu freuen. Die Stimmung der Hochzeitsgesellschaft war gut; es wurde viel getanzt und getrunken. Während des Festes bekam ich plötzlich Angst, Luise als Freundin verloren zu haben. Dann schalt ich mich naiv und schob meine Gefühle beiseite. Sie hatte geheiratet, zwischen uns hatte sich nichts verändert.

Die folgende Woche auf dem Hof zehrte ich von der Feier. Wenn ich die Suppe im Topf rührte, summte ich leise die Lieder, die sie gespielt hatten. Eda hatte alles über die Hochzeit hören wollen. Wie viele Gäste, welches Essen. Jedes kleine Detail interessierte sie. Ich fühlte mich in ihrer Gegenwart geborgen und teilte bereitwillig meine Erlebnisse mit ihr.

»Denkst du schon ans Heiraten, Magda?«, fragte sie mich, als ich mit meiner Erzählung geendet hatte.

»Ich hab einen Liebsten, Eda. Den Robert. Aber er wohnt in Berlin. Wir sehen uns kaum.«

Als Eda darauf nichts erwiderte, fügte ich hinzu: »Ich spare mein Geld, damit ich ihn an Ostern in Berlin besuchen kann.«

»Und wie viel fehlt dir noch?«

»Na ja. Ich muss noch ein bisschen weitersparen.« Ich konnte mich nicht überwinden, ihr meine Zweifel mitzuteilen. Wenn sich nicht von irgendwoher eine Geldquelle auftat, würde wohl eher nichts aus meiner Reise.

Eda musterte mich einen Augenblick lang. »Hast ihn wohl sehr gern, wenn du so weit fahren willst, um ihn zu sehen. Nicht zu vergessen die lange Zeit, die du ihn nicht siehst.«

»Ja, das habe ich.«

Ich versuchte mir vorzustellen, ob Eda in ihrem Leben schon einmal gereist war. Ob sie überhaupt irgendwann weiter gekommen war als in die umliegenden Dörfer? Es mochte kein Bild einer reisenden Eda vor meinem inneren Auge entstehen. Eine Fahrt nach Berlin musste für sie einer Weltreise gleichkommen.

Kapitel 12

Die ersten Vorboten des Frühlings konnte man allmählich spüren. Ich sah die Märzenbecher im Garten wachsen. Das Wetter wurde wärmer, das Eis taute und die Erde wurde zum matschigen Untergrund. Es gab viel zu schrubben im Haus, selbst wenn man die Schuhe vor der Tür abstreifte, gelangte Dreck in die Wohnung.

Ich hatte mich einerseits auf diese Jahreszeit gefreut, wünschte sie mir aber andererseits noch weiter weg, denn mein Geldtopf wuchs nur spärlich. An einem Donnerstagabend hatte ich mich frühzeitig in meine Kammer geschleppt, da mir von der zusätzlichen Putzarbeit sämtliche Gliedmaßen schmerzten. Ich hatte mir mein Nachthemd angezogen und saß auf dem Bett, das englische Buch auf den Knien, als es klopfte. Eda war bislang nur einmal während meiner Krankheit in mein Zimmer gekommen. Sie respektierte diese vier Wände vermutlich als meine Privatsphäre, daher verwunderte mich ihr Eintreten. Trotz Aufforderung wollte sie sich nicht setzen.

Aus ihrer Rocktasche zog sie einen Briefumschlag. Die sonst so selbstsichere Frau wirkte auf mich verunsichert. Es bereitete ihr sichtlich etwas Schwierigkeiten. Sie streckte mir den Umschlag entgegen. »Das ist für dich, für deine Reise. Damit du nicht so sparen musst.« Nach einer kurzen Pause fuhr sie fort. »Du brauchst dich nicht zu schämen, dieses Geld zu nehmen. Du bist ein gutes Kind und arbeitest hart hier auf dem Hof. Du hast es dir verdient.«

Ich nahm das zerknitterte Papier, aber wusste nicht, was ich sagen sollte. Eda hatte sich bereits umgedreht und war zur Tür gegangen. »Eda?«

Sie hielt inne und drehte sich nochmals um.

»Vielen Dank.«

Daraufhin nickte sie nur und verschwand aus der Tür. Ich öffnete den Umschlag. Fünfzig Reichsmark. Ich zitterte. Das war viel Geld. Es würde für die Fahrt mit dem Zug ausreichen. Konnte ich es annehmen? Woher hatte Eda das Geld? Musste sie nun sparen, damit ich verreisen konnte? Ich wollte bis morgen abwarten, vielleicht fiel mir über Nacht eine Lösung ein.

»Du musst jetzt wirklich nicht sparen, weil du mir das Geld gegeben hast?«

Eda war es offensichtlich unrecht, dass ich das Thema mit dem Geldumschlag nochmals angesprochen hatte. Mein schlechtes Gewissen hatte mich in der Nacht nicht zur Ruhe kommen lassen. Ich musste sichergehen, dass Eda nicht an ihre finanziellen Grenzen geriet, indem sie mir diese großzügige Unterstützung gewährte.

»Kind, wenn ich das Geld nicht hätte, würde ich es dir nicht geben.« Sie lächelte. »Und jetzt ab mit dir nach draußen, bring mir Holz für den Ofen mit.«

Glücklich lief ich zu der Seite des Hofes, an der das Holz gestapelt war. Ich konnte es kaum erwarten, Robert einen Brief zu schreiben und die Reise zu planen.

Am nächsten Wochenende fuhr ich unplanmäßig mit dem Bus nach Ulm. Am Bahnhof überlegte ich mir kurz, ob ich versuchen sollte, Robert in seiner Pension zu erreichen, entschied mich aber dann für einen Brief. Am Schalter kaufte ich mir eine Fahrkarte nach Berlin. Zuerst würde ich meine altbekannte Strecke nach München fahren müssen, um dort in den Nachtzug umzusteigen. Obwohl ich nur eine Karte für die 3. Klasse kaufte, erschrak ich über die Höhe des Betrages, der da über den Verkaufsschalter ging. Aber die Fahrkarte würde mich zu Robert bringen. So gesehen war sie alles Geld der Welt wert.

Mein liebster Robert!
Mein Herz möchte beinahe zerspringen, denn an Ostern (vom 7. bis zum 10. April 1939) werde ich Dich endlich wiedersehen!

Mein Vater war gegen die Reise nach Berlin, aber Mutter stand mir zur Seite, womit ich nicht gerechnet hatte. Er kann mir in dieser Sache nichts mehr verbieten, denn schließlich bin ich erwachsen. Natürlich wäre es schöner gewesen, mit seinem Einverständnis zu fahren. Ich verstehe nicht, wieso er sich nicht für mich freuen kann.
Mein Liebster, ich werde mit dem Nachtzug fahren und um 9.15 Uhr am Anhalter Bahnhof ankommen. Der Preis des Fahrscheines hat beinahe mein ganzes Erspartes verschlungen, nun reicht es gerade noch für drei Nächte in der Pension. Aber ich bin mir sicher, dass wir auch mit wenig Geld Berlin entdecken können! Hauptsache, ich kann bei Dir sein.
Wirst Du mich abholen kommen? Ich freue mich unendlich und umarme Dich,

Deine Lena

Ich hatte nicht mit Vaters Einspruch gerechnet. Jakob und meine Mutter hatten sich sehr gefreut, als ich an diesem Wochenende unverhofft auftauchte. Voll guter Laune hatte ich beim Mittagstisch von meinen Reiseplänen erzählt, bis mich mein Vater in meinem Redeschwall unterbrach: »Du wirst nicht nach Berlin fahren. Das verbiete ich dir. Für eine anständige Frau gehört sich das nicht.«

»Ich bin erwachsen und kann meine eigenen Entscheidungen treffen. Du weißt doch, dass ich mich auf jeden Fall anständig benehmen werde.« Dabei hatte ich vielleicht ein bisschen dick aufgetragen, jedoch fühlte ich mich nicht schuldig. Ich würde zwar in Roberts Pension übernachten, hätte aber ein separates Zimmer.

»Der wird dich doch nur ausnutzen und dann wieder nach England verschwinden.«

»Würdest du ihn besser kennen, käme dir das nicht über die Lippen.« Mir gelang es nur mit großer Mühe, meine Wut zu unterdrücken.

Jakob sprang ein, eigentlich um mir zu helfen, nur verschlimmerte es die Sache noch. Es entstand eine Diskussion zwischen Vater und Sohn, bei der ich versuchte, meine Meinung einzubringen. Daraus resultierte schließlich ein einziger Stimmenwirrwarr und die Gemüter erhitzten sich immer mehr. Bis meine Mutter dazwischenging.

Mit einem einfachen, aber bestimmten »Ruhe jetzt!« brachte sie uns alle zum Schweigen, selbst unseren Vater.

»Magda ist erwachsen. Sie hat sich das Geld alleine zusammengespart und dann soll sie auch zu ihrem Robert fahren. Wir haben sie so erzogen, dass sie uns schon keine Schande bereiten wird.«

Niemand traute sich mehr, etwas zu sagen. Unsere Mutter begann, den Tisch abzuräumen. Ich erwachte allmählich aus meiner Versteinerung und half ihr. Mein Vater verließ das Zimmer. Jakob gesellte sich zu uns in die Küche, um uns zu helfen.

»Das war ziemlich mutig von dir, Mama«, sagte er. »Ich hab nicht gewusst, dass du dich so durchsetzen kannst.«

Mutter war über das Spülbecken gebeugt und reagierte nicht auf Jakobs Worte.

Ich legte meine Hand auf ihren Oberarm. »Danke.«

Sie sah mich kurz an und ich glaubte, den Anflug eines Lächelns bei ihr zu bemerken. »Du kannst mir später beim Backen des Kuchens helfen.«

Das war ihre Art, »gern geschehen« zu sagen.

Kapitel 13

Ein scheppterndes Geräusch ließ mich aus meinem ohnehin leichten Schlaf aufwachen. Eine meiner Waggongenossinnen war hinaus auf den Flur getreten und hatte dabei die Tür nicht besonders leise geschlossen. Ich blickte auf meine Armbanduhr, die ich neben mich gelegt hatte. Wenige Minuten vor acht. Das bedeutete noch etwa eineinhalb Stunden bis Berlin. Ich beschloss ebenfalls aufzustehen, mich zu waschen und mir die Füße zu vertreten.

Eigentlich wollte ich für das Wiedersehen mit Robert besonders hübsch aussehen, ein Blick in den Spiegel sagte mir aber, dass meine Bemühungen nicht erfolgreich gewesen waren. Trotz ein wenig Schminke hatte ich Ringe unter den Augen und meine Haut war gerötet. Die letzten Monate harter körperlicher Arbeit hatten ihre Spuren hinterlassen. Auf meine Hände wollte ich erst gar nicht sehen. Ich hoffte, dass es Robert nicht auffallen würde.

Als ich die Waggontür hinter mir schloss, drehte ich mich nach rechts, mit der Absicht, den Zug in beide Richtungen einmal abzulaufen. Dabei war ich überrascht, wie viele Fahrgäste schon auf den Beinen waren. Bei einem leicht geöffneten Fenster blieb ich stehen und zog genüsslich die frische Morgenluft ein. Das beruhigte mich. Der Gedanke, Robert nach so langer Zeit wiederzusehen, versetzte mich nicht nur in freudige Erwartung, sondern machte mich auch ziemlich nervös. Ich wusste nicht, wie ich mich verhalten sollte.

Wir mussten die Vororte von Berlin erreicht haben. Die Lokomotive schlich nun nur noch langsam durch die Bahnhöfe der Vororte. Meine Haltestelle war der Anhalter Bahnhof und ich fing an, meine Sachen zusammenzupacken und meinen Mantel anzuziehen. Ich trat wieder auf den Flur, um ungestörter die Gegend zu betrachten. Es herrschte jetzt schon ein viel geschäftigeres Treiben auf den Straßen. Mein Herz begann zu hüpfen – wie sehr ich mich auf Robert und diese Stadt freute! Meine Befürchtungen waren verflogen. Ich wollte jede Sekunde dieser kostbaren Zeit genießen.

Ich entdeckte ihn bereits durch das Zugfenster, wie er mit Hut und einem Narzissenstrauß am Bahnsteig stand. Er sah blendend aus, besser als in meiner Erinnerung. Ich konnte es kaum erwarten, endlich aus dem Zug zu steigen. Die Fahrgäste, die vor mir standen, schienen mir in Zeitlupe ihr Gepäck und sich selbst aus dem Zug zu befördern. Kaum hatte ich festen Boden unter meinen Füßen, rannte ich auf Robert zu und wurde mit einem strahlenden Lächeln belohnt. Wir umarmten einander so fest, dass ich kaum noch Luft bekam. Er nahm seinen Hut ab und verdeckte mit einem schelmischen Grinsen unsere Gesichter, damit er mich küssen konnte. Er roch so gut! Und seine Lippen! Ich fühlte mich wie Dornröschen, die wachgeküsst wurde und von der, wenn auch nicht hundert, so doch ein Vierteljahr Schlaf abfiel.

»Hast du eine gute Reise gehabt?«

Ich nickte lächelnd, noch unfähig zu sprechen.

»Na dann, willkommen in der Metropole Berlin.« Damit zwinkerte er mir zu, nahm meinen Koffer, hakte mich unter und zog mich Richtung Ausgang.

Der Weg zur Pension war nicht lang, dennoch wurde ich mit vielen Eindrücken überschüttet. Da war ein Verkäufer, der auf einem kleinen Wagen Würstchen briet und sie zum Verkauf anbot. Überaus chic gekleidete Damen, wie ich sie nur aus Modemagazinen kannte, flanierten hier die Straßen entlang. Straßenjungen boten die neuesten Tageszeitungen an und schrien die Schlagzeilen aus, um Interesse zu wecken. Es war immens viel Leben in dieser Stadt, so war meine erste Wahrnehmung.

Ich hatte geglaubt, durch meine Ausbildungszeit in München schon Großstadtluft geschnuppert zu haben, nun kam mir München richtig provinziell vor. Berlin war eine richtige Großstadt, es war unglaublich. Und ich das Landei, nach Ulm nun sogar in Ersingen gelandet, als Hilfskraft in der Landwirtschaft. Ich hoffte, dass man mir meine Herkunft nicht ansah. Aber meine Sprache, durch sie würde ich sicher auffallen. Die Menschen sprachen hier ganz anders!

Die Hauswirtin war eine dickliche, sympathisch wirkende Frau in den Fünfzigern. Sie gab mir ein helles Zimmer, das im rechten Teil ihrer Pension lag. Im linken Flügel waren die Männer untergebracht. Eigentlich hätte es mich nicht gewundert, wenn hier in Berlin die Geschlechter nicht getrennt voneinander wohnen würden.

Robert gab mir ein wenig Zeit, um wieder zur Ruhe zu kommen. Mein Zimmer war freundlich eingerichtet, viel schmucker als meine Kammer in Ersingen. Ich unternahm nochmals den Versuch, mich etwas hübsch zu machen, wusch mein Gesicht und wechselte meine Kleidung.

Nach einer halben Stunde klopfte Robert an meine Tür. »Bereit, die Stadt zu entdecken?«

»Unbedingt!«

Er führte mich zuerst auf den Potsdamer Platz und ich blieb fasziniert, staunend wie ein Kind, stehen. Es gab eine riesige Kreuzung, in deren Mitte ein Verkehrsturm stand, in dem ein Polizist seinen Dienst tat. Straßenbahnen und Doppeldeckerbusse, an denen Werbebanner angebracht waren, fuhren vorbei. »Berlin raucht Juno, Chloroden.« Ich konnte mich nicht sattsehen und ging unmerklich einige Schritte weiter und wäre beinahe mit einem Radfahrer zusammengestoßen, hätte Robert mich nicht zurückgezogen.

»Vorsicht!«, rief er, und das sollte an diesem Tag nicht das einzige Mal bleiben.

Ich war nicht an das Tempo der Großstadt gewöhnt. Nachdem ich mich vom Schreck erholt hatte, lehnte ich mich vorsichtshalber an eine der Fußwegabsperrungen und beobachtete die Passanten und die vorbeifahrenden Autos.

»Ist dir denn noch nicht langweilig?«

Ohne es bemerkt zu haben, musste eine halbe Stunde vergangen sein und ein Blick auf Robert verriet mir, dass er einem Ortswechsel nicht abgeneigt wäre.

»Entschuldige, das ist alles so aufregend für mich.«

»Na, da weiß ich noch etwas.«

Robert lenkte mich zur Konditorei Fürstenhof, die sich in einem Eckhaus befand. Er schmunzelte. »Die Torten und Kuchen hier sind auch etwas, worüber man ins Staunen geraten kann.«

Wir setzten uns an einen Tisch an einem der großen Fenster in der ersten Etage. Es war nicht einfach zu entscheiden, ob ich eher aus dem Fenster oder in den Raum schauen sollte, um die Menschen zu beobachten, die sich hier zu einer Pause niedergelassen hatten. Als die Bedienung an unseren Tisch kam, hatte ich noch nicht einmal einen Blick in die Karte geworfen, daher begann Robert mit seiner Bestellung.

»Ick hätte jerne een Stück Kalter Hund und nen Schluck Kaffee dazu.«

Ich sah ihn staunend an. »Das nehme ich auch, bitte.«

»Als ich zum ersten Mal hier mit zwei Kollegen war, zwei echten Berlinern, haben sie versucht, mir ein wenig Dialekt beizubringen. Es macht mir Spaß, im Restaurant oder Café dabei immer wieder zu üben, auch wenn ich weiß, dass es nicht original klingt. Wenn du nach Fleetwood kommst, gehen wir in den Pub und ich bringe dir auch ein paar wichtige Dinge bei.«

»Das klingt fabelhaft!«

Nach einer köstlichen Pause zeigte er mir das berühmte Brandenburger Tor. Alles war spannend: im Doppelstock-Bus unterwegs zu sein, mit der U-Bahn zu fahren, den Kurfürstendamm, die Friedrichstraße und den Alexanderplatz zu erleben. Und immer wieder gab es so viel zu entdecken. Rolltreppen, die in den U-Bahn-Schacht führten. Es gab viele Fotografengeschäfte, deren Auslagen ich voller Neugierde und Bewunderung betrachtete. Und ich musste natürlich eine dieser Würste probieren, die hier auf der Straße verkauft wurden. Ich kam mir bei allem vor wie in einem Film. Diese Stadt war unglaublich schnell und lebendig.

Am frühen Abend kehrten wir in die Pension zurück. Robert zeigte mir sein Zimmer. Es gab dort mehrere Einrichtungsgegenstände und das Zimmer wirkte lebendiger als meines. Robert besaß einen Schallplattenspieler mit einem großen Schalltrichter.

»Möchtest du etwas hören?«, fragte er mich, nachdem ich das Gerät längere Zeit bewundert hatte.

Ich nickte und er legte eine Platte auf und begann zu kurbeln. Ich setzte mich auf sein Bett und lauschte. »Was ist das?«

»Tosca.«

»Was bedeutet Tosca?«

Robert setzte sich zu mir und begann zu erklären: »Die Oper spielt in Rom im Jahr 1800. Tosca ist eine Sängerin, die den Maler Mario Cavaradossi liebt. Cavaradossis Rivale ist der Polizeichef Scarpia. Als der Maler einen Flüchtigen versteckt, wird er festgenommen und zum Tode verurteilt. Tosca geht in der Not auf ein Angebot Scarpias ein. Wenn sie sich ihm hingibt, soll es nur eine Scheinhinrichtung geben. Doch Tosca ersticht den Polizeichef und eilt mit dem Geleitbrief ins Gefängnis. Es stellt sich heraus, dass Scarpia gelogen hat, und Cavarodossi wird erschossen. Tosca sieht keinen Ausweg mehr für sich und stürzt sich die Engelsburg hinunter.«

»Das ist eine schrecklich traurige Geschichte.«

Schweigend hörten wir uns den Rest der ersten Seite an. Robert stand auf, um die Platte umzudrehen.

»Lass uns in die Oper gehen«, unterbrach ich die Stille. »Ich meine nicht wirklich, lass uns nur so tun, als ob wir in die Oper gehen würden. Wir könnten uns chic machen und ein wenig die Atmosphäre der Oper schnuppern, einfach so tun, als könnten wir uns Karten leisten und würden dazugehören.«

»Also gut, du verrücktes Huhn.« Er blickte auf seine Uhr. »Dann müssen wir uns aber beeilen. In zwanzig Minuten vor dem Eingang, in Ordnung?«

»Jawohl, mein Herr!« Ich lachte und rannte auf mein Zimmer.

Robert war noch nicht da, als ich unten ankam. Ich schämte mich ein wenig, dass ich wieder das Kleid von Luise trug – ich besaß sonst nichts Schickes. Vermutlich würde ich darin im Vergleich zu den eleganten Berlinerinnen wie eine graue Maus wirken, aber im Zimmer hatte ich mir vorgenommen, mir davon nicht die Laune verderben zu lassen.

Robert kam die Treppe nach unten und sah einfach umwerfend aus. Er trug einen schwarzen Abendanzug und weiße Handschuhe. »Ich hoffe, die Handschuhe sind nicht ein bisschen zu viel«, sagte er entschuldigend.

Ich konnte die Augen nicht von ihm abwenden. »Nein, ganz bestimmt nicht.«

Das war eine Welt, in die ich nicht gehörte. Aber zu diesem traumhaft anmutenden Tag passte es. Leichtfüßig ging ich durch die festlich gekleideten Menschen, die im Foyer auf den Beginn der Vorstellung warteten und sich mit kurzen Gesprächen oder Sekt die Zeit verkürzten. Und mein Gentleman folgte mir.

Die Luft roch nach unterschiedlichen Parfumdüften, um die Schultern der Damen lagen Stolen aus exquisiten Materialien. Einige der Männer waren in Uniform. Ich stellte mir die Musiker vor, wie sie ihre Instrumente stimmten. Die Sänger, die sich in ihren Garderoben einsangen. Ich blickte auf Robert. Auch ihm schien die Atmosphäre zu gefallen. Es herrschte ein unglaubliches Stimmengewirr.

Als der Gong den Beginn der Vorstellung ankündigte, leerte sich der Saal langsam. Robert und ich blieben alleine zurück, selbst das Theaterpersonal strebte den Parkett- und Logeneingängen zu.

Robert nahm meine Hand. »Wie wäre es mit einem Tanz, Mademoiselle?«

Nur mit Musik in unseren Köpfen führte er mich durch den Eingangsbereich. Robert berührte die Haare in meinem Nacken, die zu kurz waren, um hochgesteckt zu werden. Sein Mund war ganz nah an meinem Ohr, als er zu flüstern begann: »Ich verspreche dir, dass unsere Liebesgeschichte nicht tragisch ausgehen wird wie in Tosca. Du wirst mich noch um dich haben, wenn mein Haar grau ist und mein Bauch nach unten hängt. Wenn unsere Enkelkinder zu uns zum Spielen kommen. Du wirst mich nicht mehr los.«

Ich nahm meinen Kopf etwas zurück und blickte ihn an. »Das nehme ich als Versprechen.«

Er lächelte und ich zog ihn nach draußen in die Kühle der Aprilnacht.

Kapitel 14

Nach all den Eindrücken des Tages saß ich auf meinem Bett und war kein bisschen müde. Meine Zähne waren bereits geputzt und ich selbst im Nachthemd, doch innerlich war ich völlig aufgewühlt. Ich blickte mich im Zimmer um. Es war wirklich um vieles größer als meine Kammer auf dem Bauernhof. Es war merkwürdig, in dem Moment wieder an den Hof zu denken. Es erschien mir unwirklich, nach diesem Berlinbesuch in mein altes Leben als Magd zurückzukehren. Es würde nur gehen, wenn ich ein festes Ziel vor Augen hatte. Robert und ich hatten bisher nicht konkret über die Zukunft gesprochen. Plötzlich überkam mich das bestimmte Gefühl, dass ich nicht würde schlafen können, ehe ich mit ihm gesprochen hatte.

Einen kurzen Augenblick dachte ich daran, mich wieder anzukleiden, doch dann schlang ich einfach meinen Mantel um mich und öffnete leise die Tür. Ich spähte auf den Flur. Er war leer. Ich hoffte, auf dem Weg zu Roberts Zimmer im anderen Flügel niemanden zu begegnen. Und ich hatte Glück.

Leise klopfte ich an Roberts Tür und hoffte inständig, dass er nicht schon schlief. Es rührte sich nichts und ich klopfte stärker. Sekunden später öffnete sich die Tür.

»Lena – was ist los? Kannst du nicht schlafen?«

»Robert, kann ich bitte für einen Moment reinkommen?«

Sein Blick sprach Verwunderung aus, aber er gab den Weg ins Zimmer frei. Er hatte noch nicht geschlafen. Sein Hemd war aufgeknöpft und hing aus der Hose. Ich konnte die Hosenträger und sein Unterhemd sehen.

»Ich muss dir unbedingt noch etwas sagen, bevor ich zu Bett gehe.«

Jetzt lächelte er und gab mir ein Zeichen, mich auf seinen Stuhl am Schreibtisch zu setzen.

»Ich stehe lieber, danke. Wenn deine Arbeit hier zu Ende ist und du zurück nach England gehst, dann komme ich mit dir. Ich meine natürlich, wenn du magst.« Ich erschrak über meine Kühnheit. Was war da eben aus meinem Mund gekommen?

»Möchtest du das wirklich?«

»Ich will nicht mehr von dir getrennt sein. Egal, wohin du gehst, ich möchte mitkommen.«

Er stand mir immer noch bewegungslos gegenüber und ich wurde unsicher, ob es richtig war, mich so weit nach vorne gewagt zu haben.

Da kam er mit langsamen Bewegungen auf mich zu und streichelte meine Wangen. »Für mich ist es auch unerträglich, dich so selten sehen zu können. Aber wenn du mir nach England folgst, dann als meine Frau. Möchtest du das?«

Ich sagte ja, und als wäre das nicht genug, nickte ich unaufhörlich mit meinem Kopf, bis er mich küsste.

»Das verlangt nach Schampus!«

Ganz allmählich nahm ich wahr, wie Robert in den Schränken nach etwas zum Anstoßen suchte, und endlich begriff ich: »Dann sind wir jetzt verlobt?«

»Das sind wir, Miss Jörger«, sagte er betont förmlich, »Sie haben eben ›Ja‹ gesagt und das ist bindend, wussten Sie das denn nicht?«

Den nächsten Vormittag verbrachten wir in Roberts Zimmer und hörten Opern. Ich bewunderte diese Technik – wie konnte so schöne Musik von einer einfachen schwarzen Scheibe kommen?

Wir planten unsere Zukunft. Roberts Vertrag würde Anfang Juli enden. Danach wollte er nach England zurückkehren, sich dort nach einer neuen Stelle umsehen und die Hochzeit für Mitte September vorbereiten. Da mein Reichsarbeitsdienst bis Ende August dauern würde, blieb mir nicht viel Zeit, mich auf meinen Umzug nach England vorzubereiten. Tausend Dinge, die es zu erledigen galt, kamen mir in den Sinn, doch ein Gedanke bremste sie alle aus – die Trennung von meiner Familie. Robert und ich hatten zwar nicht geplant, unser restliches Leben in England zu verbringen, doch es bedeutete vorerst sicher eine Trennung auf einige Jahre.

Ich versuchte, mich zu beruhigen. Die verbleibende Zeit würde ich intensiv mit ihnen nutzen. Ich dachte wieder daran, dass ein Leben mit Robert auf mich wartete, und die schlechten Gefühle wurden verdrängt.

Ich saß im Zug, der mich von der Traumwelt des Wochenendes wieder in meine Realität zurückbringen würde, dennoch war ich glücklich. Der Abschied von Robert hatte mich nur ein wenig geschmerzt, denn nun wusste ich, dass es schließlich eine kurze Zeitspanne war, die ich abzuwarten hatte.

Robert wollte einen Brief an meine Eltern schreiben und sie um ihre Zustimmung zu unserer Heirat bitten.

Eine Hochzeit im Spätsommer. Die ersten Jahre würden wir versuchen, in London eine Arbeit zu bekommen. Ich hoffte sehr, dass meine Englischkenntnisse dafür ausreichten. Robert hatte betont, nach einiger Zeit wieder nach Deutschland zurückkehren zu wollen. Wenn möglich, sogar in Ulm zu leben.

Mir gefiel dieser Plan von der Zukunft. Es schien nun alles geordnet. Es gab Ziele, die wir gemeinsam erreichen wollten. Gemeinsam. Das fühlte sich gut an.

Ein wenig Angst hatte ich vor der Reaktion meiner Eltern. Würde sich mein Vater für mich freuen können? Ich schloss die Augen und wollte mir keine Gedanken mehr darüber machen. Es war, als hätte sich ein Prozess in Bewegung gesetzt, der sich nicht mehr aufhalten ließ.

Zu den ratternden Bewegungen des Zuges schlief ich ein.

Kapitel 15

»Ich bin verlobt.« Frieder hatte mir eine Schubkarre mit Erde gebracht, die ich für kleine Aussaatkästen brauchen würde. Er war der Erste, dem ich es erzählte, und ich fand es wunderbar, dass er es vor allen anderen erfuhr.

»Ah, das freut mich für dich!« Er schien zwar überrascht, doch er strahlte. »Dann wirst du uns bald verlassen?«

»Nein. Bis Ende August werde ich wie vereinbart hierbleiben.«

»Gut für uns.«

Insgeheim wünschte ich mir eine ähnliche Reaktion von meinen Eltern am kommenden Wochenende.

»Heiraten will sie«, schnaubte Vater in Richtung meiner Mutter. »Und dann auch noch einen Ausländer. Ich war gleich dagegen, sie zu diesem Kerl nach Berlin fahren zu lassen, und das haben wir jetzt davon.« Vater ging im Zimmer auf und ab, rüttelte an den Stuhllehnen und flüchtete schließlich nach draußen.

Ängstlich sah ich meine Mutter an.

Sie meinte tröstend: »Er will dich eben nicht verlieren.«

»Er verliert mich doch nicht.«

»Na, ihr wollt schließlich in England leben.«

»Vorerst ja. Aber das soll nicht für immer sein.«

Es war Samstagmorgen. Ich hatte nicht auf einen geeigneten Moment gewartet, sondern ihnen gleich davon erzählt. Innerlich war ich darauf eingestellt gewesen, dass sie sich nicht sonderlich über die Nachricht freuen würden, doch mit dieser heftigen und ablehnenden Reaktion meines Vaters hatte ich nicht gerechnet.

»Ist Jakob da?«

»Er ist oben, hat heute noch nicht sein Zimmer verlassen. Über den Büchern vergisst er den Hunger.«

Ich ging die Treppe hoch und fand ihn im Bett sitzend, allerdings ohne Bücher. Seine Augen waren rot gerändert und seine Haare standen in alle Richtungen ab. Ich setzte mich auf sein Bett und sah ihn an. »Wie geht es dir?«

»Ich kann meine Beine nicht bewegen.«

»Wie?«

»Meine Beine. Ich kann sie nicht mehr bewegen. Ich kann nicht aufstehen.«

Ich starrte ihn ungläubig an. Dann schlug ich die Decke zur Seite. Ich nahm sein rechtes Bein und stellte es auf. Sobald ich es losgelassen hatte, fiel es zur Seite weg. Ich erschrak. »Seit wann?«

»In der vergangenen Zeit hatte ich öfters ein taubes Gefühl in den Beinen, das kam jetzt immer häufiger vor. Ich hab versucht, meine Angst deswegen zu verdrängen, aber jetzt?«

Ich lief nach unten und erklärte Mutter die Situation. Als sie ihren Sohn hilflos im Bett sitzen sah, schickte sie mich los, nach Vater zu suchen.

Ich rannte, ohne zu wissen, wohin. Suchte in den nächstgelegenen Gasthäusern. Lief über den Münsterplatz und fand ihn schließlich an der Donau sitzend. Er rauchte eine Zigarette. Ich hatte ihn bisher nur selten rauchen sehen. Mein Brustkorb schmerzte, als ich zögernd auf ihn zuging. »Vater, Jakob ...«

Er musste die Angst in meinen Augen gesehen haben, denn er stand sofort auf, um mir zu folgen, und seine Wut auf mich schien verflogen.

Zum ersten Mal im Leben fuhr ich mit einem Taxi. Wir saßen zu dritt gedrängt auf der Rückbank. Vater hatte seinen Sohn die Treppen nach unten getragen. Jakobs dünner Arm hatte sich um die Schultern des Vaters geschlungen.

Das Taxi bahnte sich seinen Weg ins Krankenhaus. Vater hatte es für das Beste gehalten, sofort dort hinzufahren, da es schwierig geworden wäre, an einem Samstagnachmittag nach einem diensthabenden Arzt zu suchen.

Ich saß in der Mitte, Jakob rechts von mir. Unsere Körperseiten berührten sich, ich musste nur meine rechte Hand ein wenig anheben, um seinen Unterarm zu streicheln. Es war eine hilflose Geste, aber ich hoffte, damit eine tröstliche Erinnerung aus unserer Kindheit bei ihm wachzurufen.

Wir schwiegen. Schwiegen auch noch, als Jakob nach langem Warten endlich in ein Behandlungszimmer gerufen wurde.

Für einige Augenblicke benötigte ich unbedingt frische Luft. Vor dem Eingang sah ich einen Mann, dessen linkes Bein eingebunden war. Er saß nur mit einem Morgenmantel bekleidet auf einem Stuhl und rauchte. Mich fröstelte es bei seinem Anblick.

Irgendwann wurden wir in das Zimmer gerufen, in dem Jakob saß. Alles, was ich verstand, war, dass mein Bruder an einer Art Muskelschwäche litt und vorerst im Krankenhaus bleiben sollte, damit weitere Untersuchungen durchgeführt werden konnten.

Würde er seine Beine wieder bewegen können? Diese Frage drängte sich nicht nur mir auf. Doch die konnte der Arzt jetzt noch nicht beantworten. Wir versprachen Jakob, am nächsten Tag wiederzukommen, und gingen betreten nach Hause.

Vater verschwand in seiner Werkstatt. Ich versuchte, einen Brief an Robert zu schreiben. Eigentlich hätte es ein von Freude durchzogener Brief werden sollen, nun wusste ich nicht, wie ich die Ereignisse der letzten zwölf Stunden wiedergeben sollte.

Jakob sah müde aus, als wir ihn am kommenden Tag besuchten. Wir konnten ihn mit nach Hause nehmen. Die Ärzte wussten nicht mehr als am Vortag. Es sei ein Feld, in dem die Forschung bislang nicht weit fortgeschritten sei, gab der Arzt etwas verlegen zu verstehen. Jakob wurde aufgetragen, jeden Tag besondere Übungen zu machen, die seine Muskeln kräftigen sollten. Wie er das anstellen sollte, konnte ich mir nicht vorstellen, denn seine Beine waren genauso schlaff wie am Vortag.

Dann sprach der Arzt meine Eltern an, als wäre Jakob gar nicht anwesend: »Ihr Sohn braucht einen Rollstuhl.« Mit dem Stift deutete er auf ein Blatt, das Abbildungen von verschiedenen Modellen zeigte. Mir verschlug es die Sprache. Ich wagte nicht,

Jakob anzusehen. Da war dieser Arzt, der wie ein Verkäufer über die unglaublich hohen Preise von Rollstühlen informierte und dabei nichts anderes gesagt hatte, als dass Jakob nicht mehr alleine gehen konnte. Wieso sonst sollte die Anschaffung eines Rollstuhls nötig sein?

Bevor es sich meine Eltern versahen, hatten sie bereits ihre Unterschrift gegeben – die Bestellung war rechtskräftig und ich wagte endlich, Jakob anzusehen. Mir schien er nicht im Raum anwesend zu sein. Sein Blick ging ins Leere. Sah er gerade all seine Zukunftspläne dahinfliegen? Ein Schmerz durchfuhr mich und ich musste all meine Beherrschung aufbringen, um nicht zu weinen.

Vater trug ihn zum Ausgang und in mir stieg das Bild hoch, dass ein kräftiger Vater sein kleines Kind trägt, das noch nicht richtig gehen kann. Jakobs Arme lagen jetzt schlaff in seinem Schoß – er versuchte sich gar nicht mehr festzuhalten.

Am nächsten Wochenende nahm ich Frieders Rad, um nach Erbach zur Post zu fahren. Ich wollte ein Telegramm an meine Familie aufgeben, um zu erfahren, wie es Jakob ging. Am liebsten hätte ich mit ihnen gesprochen, wenn ich schon nicht selbst kommen konnte. Aber meine Eltern besaßen kein Telefon.

Wieder zurück, schrubbte ich die Küche so gründlich, dass am Ende meine Hände ganz rot waren. Die sauber geputzte Küche fiel sogar Irmgard auf, die sich wohlwollend darüber äußerte. Ich leerte das Putzwasser auf den Hof und dachte mir, dass ich als frisch Verlobte eigentlich glücklich sein sollte. Roberts Antwort auf meinen Brief war noch nicht angekommen.

Am Sonntag kramte ich nach langer Zeit wieder meine Kamera hervor und unternahm nach dem Mittagessen einen langen Spaziergang. Ich nahm unbekannte Abzweigungen und mein Auge suchte nach Möglichkeiten, die Schönheit der Natur einzufangen. Ich ging und verlor das Gefühl für die Zeit. Aber das war gut. Ich wollte mich müde laufen. Am Abend legte ich mich ins Bett und freute mich direkt auf die kommende harte Arbeitswoche, die mir wenig Zeit zum Nachdenken lassen würde.

Kapitel 16

Der Mai kam und damit die ersten Anzeichen des nahenden Sommers. Robert hatte mir geschrieben, wie begeistert seine Eltern waren, als sie von unseren Heiratsplänen erfahren hatten. Sie waren sehr gespannt, mich kennen zu lernen. Eine ähnliche Reaktion hätte ich mir auch von meinen Eltern gewünscht. Meine Hochzeit war nicht mehr Gesprächsthema gewesen. Jakobs Rollstuhl war mittlerweile geliefert worden und mein Bruder versuchte mit einer emsigen Energie, seinen Alltag der neuen Lebenssituation anzupassen. Schließlich wollte er das Abitur machen und das Ende der Schulzeit rückte immer näher. Im Schulgebäude erhielt er Unterstützung von seinem Freund Günther, der ihm überall half, wo es hinderliche Treppen gab. Ich bewunderte ihn dafür, dass er seine Zukunftspläne nicht aufgegeben hatte. Und es half mir, meine Situation viel positiver zu sehen.

Um mich herum erblühte die Natur. Für die Wochenenden in Ulm pflückte ich meiner Mutter unterwegs Frühlingsblumen. Auf dem Hof gab es die ersten Jungtiere.

Ich fühlte mich, als würde die Zeit dahinschleichen. Ich entwickelte die Bilder, die auf meinem Spaziergang entstanden waren, und schenkte sie Jakob. Wie immer lobte er meine Arbeit, aber er verbrachte fast seine komplette freie Zeit mit Lernen und die Gespräche zwischen uns wurden rar.

Mitte Juni ließ ich mich zum letzten Mal mit der Nummer der Berliner Pension verbinden. Nach meinem Wochenende in Berlin schien Robert richtig weit weg zu sein. Ich vermochte mir kaum vorzustellen, dass die Zeit des Wartens irgendwann zu Ende wäre.

Roberts Stimme klang nach Vorfreude. Er würde noch eine Woche arbeiten und dann nach England zurückkehren. Dort wollte er die Hochzeit in Fleetwood und alles andere für unser gemeinsames Leben in London organisieren.

Ich sollte mich nur um die Überfahrt nach England und das Brautkleid kümmern. Roberts Enthusiasmus wirkte ansteckend. Wir vereinbarten ein Telefongespräch nach seinen ersten zwei Wochen in England und mit einem glücklichen Gefühl im Bauch legte ich den Hörer zurück auf die Gabel. Zweieinhalb Monate bis zum Wiedersehen, das war zu schaffen, sprach ich mir innerlich Mut zu.

Auf dem Hof wussten mittlerweile alle, dass ich nach Ablauf des Dienstes heiraten würde. Ich hatte das Gefühl, dass Irmgard mich anders behandelte, seit sie davon Kenntnis hatte. Es schien mir, als sei sie milder geworden. An einem Freitagabend rief mich Eda in ihre Kammer. Auf ihrer Bettdecke lag ein Stoffballen. Sie schlug den Stoff auseinander und ich konnte sehen, dass es Seide war.

»Der ist für dich«, sagte sie schlicht.

Ich ging zum Bett und ließ den Stoff zwischen meinen Fingern hindurchgleiten. »Er ist wunderschön«, war alles, was ich hervorbrachte.

»Daraus kannst du dir ein hübsches Brautkleid schneidern.«

Ich setzte mich aufs Bett und weinte. Eda, dieser liebe Mensch, stand neben mir und freute sich wahrhaftig mit mir über das bevorstehende wichtige Ereignis. Sie drückte meinen Kopf gegen ihre Brust und streichelte über meine Haare.

»Danke, Eda. Vielen Dank.«

An einem heißen Julisamstag ging ich ins Reisebüro und bestellte fünf Fahrkarten für eine Überfahrt nach England. Die fünfte Karte war für Eda geplant. Ich wollte sie unbedingt bei der Hochzeitsfeier dabeihaben, wusste aber nicht, ob sie eine so weite Fahrt in ihrem Alter auf sich nehmen wollte.

Ich legte eine große Summe Geld auf den Tresen. Vater war zwar immer noch nicht begeistert von der Heirat, aber er hatte sich an die Tradition erinnert, dass der Vater der Braut für die

Hochzeit aufkommt. Da die Feier nicht vor Ort von ihm organisiert werden konnte, hatte er beschlossen, die Überfahrt und die Schneiderin zu bezahlen.

Anschließend ging ich in das Atelier der Schneiderin, die mir meine Mutter empfohlen hatte, und zeigte ihr den Stoff. Nachdem sie Maß genommen hatte, gingen wir einige Modelle durch und einigten uns schließlich auf ein elegantes Kleid mit dünnen Trägern und tiefem Rückenausschnitt.

Begeistert erzählte ich Robert am Telefon von meinen Fortschritten und er wiederum mir von seinen. Die Feier sollte nicht groß werden, da von meiner Seite eben nur wenige Gäste kommen konnten. Die Hochzeit war für den neunten September geplant, die Überfahrt sollte am Mittwoch davor erfolgen.

Ich überquerte den Bahnhofsvorplatz, um Luise vom Zug abzuholen. Sie wollte sofort das Modell sehen, das ich mir bei der Schneiderin ausgesucht hatte. Ich lud sie zu einem Eiskaffee ein und konnte mich über all den Luxus freuen. Luise berichtete über ihr frisches Eheleben und gab zu, ein wenig neidisch auf mich zu sein. »London, das ist schon was. Stell dir vor, was du dort für Aufträge bekommen könntest!«

Über unseren Sahnehäubchen begannen wir zu schwärmen und erdichteten uns immer noch fantastischere Zukunftsmöglichkeiten. Am Tag meiner Abfahrt würde sie nochmals herkommen, um mir auf Wiedersehen zu sagen. Diesen Gedanken hielt ich fest, als ich ihr auf dem Bahnsteig nachwinkte.

Auf dem Heimweg kaufte ich eine Flasche Sekt. Der besondere Tag war noch nicht zu Ende. Am Abend wollten wir Jakobs Abitur feiern, er hatte mit Auszeichnung bestanden. Obwohl die Kraft seiner Beine nicht zurückgekehrt war, strahlte er an diesem Tag wie der Sonnenschein. Ich spürte, wie stolz ich auf ihn war.

Unsere Mutter hatte sich ins Zeug gelegt und zauberte Köstlichkeiten auf den Tisch. Wir saßen im Garten, Vater hatte Lampions aufgehängt und wir sprachen bis weit in die laue Sommernacht.

Jakobs Zukunftspläne und das Hoffen auf ein Stipendium wurden diskutiert. Nachdem der Sekt getrunken und eine Flasche Wein geöffnet worden war, kam meine Hochzeit zur Sprache. Wir redeten zunächst über die Reise, dann zählte Vater auf, was er in England sehen wollte. Unsere Mutter erinnerte sich an die erste Begegnung mit Robert und sie verriet, dass sie ihn auf Anhieb sympathisch gefunden hatte.

»Der Robert ist schon in Ordnung«, stimmte Jakob mit ein. »Musst uns halt versprechen, dass du uns oft besuchen kommen wirst.« Dazu war ich nur zu gern bereit.

Der Sommer war unerträglich heiß. Wann immer es mir möglich war, setzte ich mich im Hinterhof in den Schatten und spielte mit den jungen Katzen. Irmgard wies mich an, die Himbeeren abzupflücken und daraus Marmelade zu kochen. Etwa die Hälfte der Beeren landete in meinem Magen und nicht im Korb. Am heißen Herd zu stehen, um Marmelade einzukochen, fand ich in diesen Tagen keine gute Idee.

Eda erschien am Zaun und ich zwinkerte ihr zu. Sie hatte sich sehr über meine Einladung gefreut und zu meinem Erstaunen zugesagt. »Nun komme ich in meinem hohen Alter wegen dir sogar noch nach England«, hatte sie gemeint.

Jetzt strich sie sich mit einem Taschentuch über die Stirn und griff auch nach einer Himbeere. »Ist nicht mehr lang.«

Ich nickte. »Ich freu mich schon sehr.«

Sie blickte in die Ferne. »Es wird hoffentlich keinen Krieg geben.«

Ich sah sie erschrocken an. »Was meinst du damit?«

»Im Radio, da sprechen sie so oft über die Polen. Und das klingt nicht gut.«

»Wieso denn gleich Krieg?« Ich war immer noch schockiert.

Sie zuckte mit den Schultern. »Ich hab kein gutes Gefühl, kein gutes Gefühl ...« Dann drehte sie sich um und ließ mich in einem Zustand der Sorge und Verwirrung zurück.

Am Abend suchte ich nach Frieder und fand ihn Pfeife rauchend auf der schmalen Bank im Hinterhof. Er rückte zur Seite und gab mir ein Zeichen, mich neben ihn zu setzen.

»Frieder, Eda hat heute etwas gesagt, das mich sehr verwirrt hat, da ich es nicht einschätzen kann. Sie ist der Auffassung, es könnte Krieg geben. Was meinst du dazu?«

Er nahm einen Zug und schaute in die Ferne. »Mädel, wenn man das immer wüsste. Im Radio und in der Zeitung kommt viel über die Polen, da sie den Status von Danzig als freie Stadt nicht anerkennen wollen. Das gefällt dem Hitler natürlich nicht. Aber dass er wirklich so weit geht, kann ich nicht glauben. Wir haben doch seit 1934 einen Nichtangriffsvertrag mit Polen. Wann fährst du denn nach England?«

»Am sechsten September.«

»Ist vielleicht gut, dass du bald fahren wirst. Dann bist du weit weg von dem allem. Schließlich kann man nie sagen, was den Herren Regierenden so alles einfällt.«

Mein Unbehagen war durch Frieders Worte nicht schwächer geworden.

»Es wird wieder ruhig werden, wenn du nicht mehr auf dem Hof bist.«

Ich hakte mich bei ihm unter und lehnte meinen Kopf an seine Schulter. »Ich werde dich auch vermissen, Frieder.«

Für meinen letzten Tag hatte ich mir überlegt, abends ein Picknick mit allen Bewohnern des Bauernhofs zu veranstalten. Ich hatte den Nachmittag über einen Kuchen gebacken, Brote belegt und von einem Bauern in der Nähe einige Flaschen Apfelmost gekauft. Auf der Wiese, zwischen zwei Kirschbäumen, legte ich Decken aus und hängte in die unteren Zweige Lampions, die ich von zu Hause mitgebracht hatte. Am vorangegangenen Wochenende hatte ich Frieder gebeten, in meinem Namen auch Maria einzuladen. Die Hofbewohner staunten, als ich sie von der Küche aus ins Freie führte. Doch ich gewann den Eindruck, dass ihnen meine Idee recht gut gefiel.

Nachdem ein Großteil der Speisen verzehrt war und einige Flaschen geleert, begann Frieder auf seiner Mundharmonika Volkslieder zu spielen. Wir sangen dazu. Es waren recht lustige Lieder, die angestimmt wurden. Bei der Polka-Melodie von »Rosamunde« wurde aus voller Kehle gesungen, sodass Maria ihren Frieder packte und mit ihm zwischen den Bäumen tanzte. Ich lehnte mich an einen Baumstamm und ließ meinen Blick über die Lampions zu den Baumkronen schweifen. Bald würde ich Roberts Frau und in England sein.

Adalbert öffnete eine weitere Flasche und sprach einen Toast aus. Verwundert nahm ich zur Kenntnis, dass er meine Arbeit lobte und mir viel Glück für die Zukunft wünschte. Nachdem wir alle angestoßen hatten, begann Frieder die ersten Takte von »Ade nun zur guten Nacht« zu spielen. Allmählich stimmten wir alle mit ein. Eine deutliche Abschiedsstimmung machte sich breit. Ich sah in die Gesichter der Menschen, die mir im letzten Jahr Begleiter gewesen waren. Und obwohl ich meine Zeit dort oft als lästig empfunden hatte, merkte ich nun, dass ein Teil von mir doch an diesem Ort und diesen Menschen hing.

Mit wechselvollen Gefühlen ging ich in dieser Nacht zu Bett. Ich konnte nicht sagen, wann ich diese Menschen wiedersehen würde. Natürlich würde ich ihnen schreiben, das bestimmt. Die Zukunft wartete auf mich und im Moment schien sie wie ein vernebeltes Feld an einem Novembermorgen, das keinen Blick in die Ferne erlaubte.

Der Abschied am nächsten Morgen war herzlich. Mir wurden allerhand Köstlichkeiten für mich und meine Familie bereitgestellt. Irmgard gab mir selbstgemachte Wurst und Marmelade für meine zukünftigen Schwiegereltern mit. Ich versprach, von England aus zu schreiben.

Frieder war nicht wie die anderen in die Küche gekommen, daher ging ich ein letztes Mal Richtung Stall, um ihn zu suchen. Ich fand ihn vor der Scheune sitzend, wo er mit einer der Katzen spielte. Er sah nicht auf, als sich meine Schritte näherten.

»Ich mag es nicht, auf Wiedersehen zu sagen, wenn ich mir sicher sein kann, dass es das nicht geben wird.«

Ich setzte mich neben ihn und griff nach einem Grashalm. »Ich bin mir aber sicher, dass wir uns wiedersehen werden.«

»Ja?«

»Ja«, antwortete ich ehrlich.

Endlich sah er mich an. Ich beugte mich zu ihm hinüber, legte die Arme um ihn und ließ mein Kinn einen Moment auf seiner Schulter ruhen. Seine linke Hand drückte vorsichtig auf meinen Rücken. Dann löste ich mich sanft aus der Berührung und ging, ohne mich umzudrehen, zum Haus zurück. Der Abschied von Frieder ging mir näher, als ich geahnt hatte.

Ich verließ den Hof in Richtung Erbach, um nach Ulm zu fahren. Eda würde mir in vier Tagen folgen, damit wir gemeinsam nach England fahren könnten. In den Bus steigend, dachte ich über die empfindliche Nähe von Abschied und Neubeginn nach, und dass es einfacher war aufzubrechen als zurückgelassen zu werden.

Kapitel 17

Jakobs Schuhspitzen. Ich ertappte mich dabei, wie ich darauf starrte. Für die lange Reise wollte er sich mit Lesematerial versorgen und ich schob ihn zur Bibliothek. Es war ein merkwürdiges Gefühl. Die Auswirkungen seiner Krankheit waren bisher nicht in mein Alltagsleben eingegangen. Ich schob ihn und erzürnte mich über die Ungerechtigkeit, dass meinem lebenslustigen Bruder so etwas widerfahren musste. Zum ersten Mal bemerkte ich auch die verstohlenen Blicke, die uns Passanten zuwarfen. In manchen Gesichtern konnte ich pure Missbilligung ausmachen. Jakob hatte mir seine genaue Liste in die Hand gedrückt. Während er im Foyer Zeitung lesen wollte, suchte ich die Bücher in den vielen Regalen. Jakob war dem kompletten Personal der Bibliothek bekannt. Als ich mit dem Stapel zurück zu seinem Platz kam, redete er mit einer der Angestellten. Es schien kein erfreuliches Gespräch zu sein. Ihre Gesichter waren ernst, als ich an den Tisch trat.

»Ab morgen sollen in Ulm Bezugsscheine eingeführt werden.«

»Und was soll das bedeuten, Jakob?«

»Ich frage mich, wozu in Friedenszeiten Bezugsscheine gebraucht werden.«

»Was soll das bedeuten?«, wiederholte ich voller Ungeduld.

»Es bedeutet nichts Gutes, Magda«, antwortete mein Bruder sanft. »Vielleicht solltest du versuchen, schon eher zu fahren.«

»Wieso? Du machst mir Angst. Was ist denn los?«

»Lass uns die Bücher ausleihen und gehen.«

Kaum waren wir draußen, dirigierte er mich zum Reisebüro. »Wir sollten schauen, ob wir die Fahrt nach England sofort antreten können.«

Obwohl ich seine Aufregung noch immer nicht ganz verstehen konnte, schob ich ihn über die Schwelle des Reiseladens.

Aber aus seinem Vorhaben wurde nichts, die Plätze auf der Fähre waren laut Aussage der Angestellten des Reisebüros kurzfristig nicht umbuchbar. Für komplett neue Fahrkarten hatten wir aber kein Geld. Ich war aufgewühlt.

Als wir zuhause ankamen, wartete ein Telegramm von Robert auf mich. »Lena, komm sofort nach England. Lass Karte verfallen, neue Überfahrt bezahle ich. Robert.«

Ich bekam Angst und lief zum Postamt, um Robert zu erreichen. Obwohl es das Fräulein von der Vermittlung mehrmals probierte, kam keine Verbindung zustande.

Ich überquerte den Bahnhofsvorplatz und tauchte meine Finger in den Brunnen. Vor etwa einem Jahr war ich Robert hier zum ersten Mal begegnet. Jetzt war er weit weg.

Ich ging zurück ins Reisebüro, um eine neue Überfahrt zu buchen. Die Angestellte bot mir als die nächste Möglichkeit den 2. September an, das war immerhin vier Tage früher. Ich bat sie, das Ticket für mich zu reservieren, während ich zu Hause Geld holen wollte. Ich betete, dass meine Eltern mir genug leihen konnten, das die Fahrt bezahlen würde. Ich verursachte ein unglaubliches Durcheinander zuhause, jeder kramte nach Geldreserven, aber schließlich reichte es und ich rannte zurück ins Reisebüro. Als ich mit den neuen Reiseunterlagen aus dem Laden trat, überkam mich ein Gefühl der Ruhe.

In drei Tagen würde ich in diesen Zug steigen, der mich nach England bringen sollte. Davon würde mich nichts abhalten, das schwor ich mir.

3. September 1939

Mein liebster Robert,
heute ist das Ultimatum abgelaufen – und England hat Deutschland den Krieg erklärt! Meine Hand schreibt dies, doch der Inhalt ist so folgenschwer, dass mein Verstand ihn nicht fassen kann. Ich wäre doch gestern in den Zug gestiegen und zu dir gefahren!

Nun soll Krieg zwischen unseren beiden Ländern sein und vermutlich kann ich nicht einmal mehr diesen Brief an Dich abschicken. Meine Fahrkarte in die gemeinsame Zukunft mit Dir ist über Nacht ungültig geworden. Nicht für mich – für mich ist sie von unschätzbarem Wert. Aber was zählt das schon?
Irgendwelche Staatsmänner haben über unsere Köpfe hinweg für uns entschieden, oder eher gegen uns.
Ich kann Dich nicht mehr umarmen, wie ich es wollte.
Vielleicht ist doch alles nur eine übereilte Reaktion und es werden bald diplomatische Verhandlungen aufgenommen, um den Frieden wieder herzustellen? Ich hoffe es sehr. Wir werden uns bald wiedersehen. Bis dahin bleib gesund,

in Liebe, Lena

Nun hatte es doch noch einen Sinn, wenn auch einen recht makabren, dass Jakob keine Kraft mehr in seinen Beinen hatte. Sein Freund Günther wurde einberufen und musste erst einmal in ein Ausbildungslager. Selbst Vater mit seinen fast zweiundvierzig Jahren war nicht zu alt, um Soldat zu werden. Unsere Mutter wurde ganz still, als der Einberufungsbefehl kam. Für ihn war es eine selbstverständliche Pflicht, für sein Vaterland zu kämpfen. Unsere Mutter sah zu, wie er seine Sachen zusammenpackte. Es musste ein merkwürdiges Gefühl für sie sein, ihn nach all den Jahren des Zusammenlebens gehen zu sehen.

Wir begleiteten ihn zum Bahnhof. Der Bahnsteig war voll mit Menschen, die sich von ihren männlichen Familienmitgliedern verabschieden mussten. Mir kam der Gedanke, dass ich nun eigentlich schon bei Robert in England gewesen wäre. Meine Familie hätte das unbekannte Land kennen gelernt. Stattdessen standen wir auf diesem überfüllten Bahnhof und nur einer von uns stieg in den Zug. Es war eine bedrückende Situation. Menschen gewaltsam auseinanderzureißen – das bedeutete also Krieg?

Wir umarmten unseren Vater und winkten wie alle anderen einem Meer von Armen hinterher, das immer kleiner wurde. In das Haus zurückzukommen, in dem die Werkstatt von nun an leer blieb, machte die Trennung für uns erst wirklich.

Ich ging nach oben in mein Zimmer, setzte mich ans Fenster und schlang die Arme um meine angezogenen Knie. Wie würde meine Zukunft aussehen? Im Moment konnte ich mir nicht vorstellen, mir hier eine Stelle als Fotografin zu suchen. Meine Zukunft war eng mit Roberts verwoben gewesen und nun, da diese auf unbestimmte Zeit nicht verwirklicht werden konnte, war ich ratlos. Als hätte mich etwas am Kopf getroffen und der Schwindel danach war noch nicht verflogen.

Ich versuchte mich zu beherrschen und ging nach unten, um meiner Mutter in der Küche zu helfen und ihr Gesellschaft zu leisten. Mir wurde klar, dass wir beide verlassene Frauen waren. Ich wusste, dass wir unsere Gefühle für uns behalten würden. Aber auch das Ungesagte verband uns.

Oktober 1939

Liebster Robert,
das ist ein Brief an Dich, den ich statt auf Briefpapier in mein Tagebuch schreibe. Darf man einen Brief, der nicht abgeschickt wird, überhaupt so nennen?
Ich hoffe jeden Tag, dass Du gesund und zuhause bei Deiner Familie bist und nicht Soldat werden musst. Vielleicht gibt es ja genügend Männer, die sich freiwillig melden?
Gestern war ich auf dem Münsterturm und habe an »Deiner« Rast-Stelle, an der Du Dich von der Höhenangst erholen wolltest, gebetet, dass wir uns bald wiedersehen werden.
Meine Gedanken über die Zukunft haben sich erst einmal erübrigt, da ich als Postbotin dienstverpflichtet wurde. Es müssen jetzt viele Männer Soldaten werden, sodass es nicht mehr genügend Arbeitskräfte gibt. Nun werden die Frauen herangezogen.

Ich habe ein Dienstfahrrad bekommen, einen Schatz, den ich mir letztes Jahr sehnlichst gewünscht hätte. Abends falle ich müde ins Bett und schlafe sofort ein. Vom Hof bin ich harte Arbeit gewöhnt, aber ich konnte sie in meinem Tempo verrichten. Jetzt bin ich ständig zur Eile angetrieben und komme mehrmals am Tag richtig außer Atem.

Frieder hat mir geschrieben. Auch er wurde zur Grundausbildung als Soldat einberufen. Bevor er wegmuss, will er nun endlich seine Maria heiraten. Diesen Plan gab es schon lange zwischen den beiden und die ungewisse Zukunft bringt sie nun dazu, ihn endlich Wirklichkeit werden zu lassen. Wieso warten wir Menschen immer so geduldig ab? Weil wir uns an die Regeln halten wollen, oder weil uns scheinbar äußere Gründe an etwas hindern? Am Ende sind nur wir es, die dafür bestraft werden.

Ich wünschte, ich wäre mutig genug gewesen, Dir gleich zu folgen, egal wohin. Die Vernunft hat mich in diese Situation gebracht und ich darf niemanden anklagen als mich selbst. Vielleicht war es auch falsch zu träumen?

Jakob träumte von einem Studium der Literaturwissenschaft, seine Lehrer haben sich sehr für ihn eingesetzt, dass er ein Stipendium erhält. Doch ein »Krüppel« – manche nennen ihn so, ohne zu wissen, was sie sagen – wird nicht zum Studium zugelassen. Der gütigste Mensch, den ich kenne, erfährt nicht ein Stück Güte. Es war schlimm genug, dass ihn die Kraft seiner Beinmuskeln verlassen hat, nun wird ihm auch noch dieser Wunsch verwehrt. Nachdem er den Brief mit seinem vernichtenden Inhalt gelesen hatte, war er den restlichen Tag ganz still.

Als ich am nächsten Tag von der Arbeit nach Hause kam, hörte ich Geräusche aus der Werkstatt. Ich öffnete die Tür und hatte das Bild meines Vaters klar vor Augen. Es war Jakob, den ich sah. Er war dabei, ein kleines Türchen an einer Kommode zu befestigen. Es war ein Stück, das mein

Vater nicht mehr hatte vollenden können, das er nach Absprache mit dem Kunden zu einem späteren Zeitpunkt erledigen würde. Fasziniert beobachtete ich Jakobs ungeübte, aber bemühte Handgriffe. Er erzählte mir, dass er sich vorsichtig in der Werkstatt einarbeiten wolle. Manchmal habe er auch ein taubes Gefühl in den Armen und das mache ihm Angst, er könne auch seine Kraft in den Armen verlieren. Daher wolle er sie trainieren.
Ich glaube, er vermisst in diesen unsicheren Zeiten unseren Vater mehr, als er selbst ahnt. Dass er sich nun seinem Handwerk zuwendet, dem er bisher eher ablehnend gegenübergestanden hat, ist für mich ein Zeichen hierfür.
So geht unser kleines Leben in dieser verrückt gewordenen Welt in seinen mehr oder weniger geregelten Bahnen weiter.

Sei immer beschützt, Deine Lena

Maria hatte mich gebeten, bereits einen Tag vor ihrer Hochzeit zu ihr auf den Hof zu kommen. Nach meiner Samstagsschicht machte ich mich auf den Weg. Ich sollte ihr beim Ankleiden und Schmücken helfen. Der Herbst zeigte sich in den Bäumen, er war hier viel deutlicher zu spüren als bei meinen täglichen Touren. Oder ich nahm hier meine Umwelt viel eher wahr als in meinem Alltag.

Die Feier sollte auf Adalberts Hof stattfinden. Maria verbrachte nun die letzte Nacht auf dem Hofstetter Hof. Da Frieder bald fort sein würde, konnten Irmgard und Adalbert eine weitere Kraft auf dem Hof gebrauchen.

Als ich ankam, waren ihre bescheidenen Besitztümer bereits fertig in einer Ecke des Zimmers gepackt. Ihr Brautkleid und der Haarschmuck lagen auf der Truhe. Ich war berührt, dass sie mich und nicht eine der anderen Mägde als Brautjungfer ausgewählt hatte. Sie hatte selbst keine Familienangehörigen mehr, daher hatte ich zunächst angenommen, dass ihr Kontakt zu den anderen Frauen auf dem Hof eng wäre.

Als wir im Nachthemd in ihrer Kammer saßen, sprach sie leise: »Du bist wie eine kleine Schwester für mich.«

Ich lächelte sie an. »Bist du aufgeregt?«

»Es ist merkwürdig. So lange schon haben wir von Heirat gesprochen und ich dachte, es wird nichts mehr daraus. Und jetzt werd ich morgen seine Frau. Also offiziell. Ich bin es ja schon lange – wenn ihm jetzt nur nichts passiert!«

Ich blickte aus dem Fenster und versuchte, den Kloß in meinem Hals zu ignorieren.

»Ich bin froh, dass du meine Brautjungfer bist. Aber ich hätte gerne darauf verzichtet, wenn ich wüsste, dass du bei deinem Robert in England bist.«

Ich hatte das Gefühl, dass sie noch nicht alles ausgesprochen hatte, was sie sagen wollte, daher schwieg ich.

»Morgen habe ich doch bestimmt einen Wunsch frei. Ich werde mir wünschen, dass du bald mit deinem Robert zusammen sein kannst.«

»Du musst doch darum bitten, dass Frieder gesund zurückkommt!«

»Meinst du nicht, dass ich mehr als einen freihabe?«, fragte sie lächelnd.

Am nächsten Morgen flocht ich ihr Haar und befestigte den Brautkranz. Sie trug ein Trachtenkleid und sah wunderschön aus. Mit der Kutsche fuhren wir zur Kirche, wo die anderen schon warteten. Sobald mich Eda sah, hakte sie sich bei mir unter und wich mir den ganzen Tag nicht mehr von der Seite. Sie hatte wohl Bedenken, dass ich mich einsam fühlen könnte. Doch ich tanzte mit Eda und Frieder. Es fiel mir leicht, meine Sorgen zu vergessen und mich ganz und gar für das Brautpaar zu freuen.

Als ich Adalbert sagen hörte, wie er sich über die schnellen Siege in Polen freute und am liebsten mitkämpfen würde, tanzte ich einfach auf die andere Seite des Raumes. Ich nahm einen Schluck Wein und tanzte weiter. Wenn ich keinen Tanzpartner hatte, drehte ich meine Runden alleine. Alleine tanzen, das konnte ich.

Zum Abschied küsste ich noch einmal das Brautpaar. Einer der Gäste wollte mich nach Erbach mitnehmen, wo ich mit dem letzten Bus weiterfahren konnte. Als die Pferde angespannt wurden, kam Frieder noch einmal zu mir heraus.

»Du hättest dein Versprechen nicht so schnell einlösen müssen.«

Ich wusste nicht, worauf er anspielte.

»Dass wir uns wiedersehen, meine ich. Hättest heute doch bei Robert sein sollen statt bei uns. So schön es war, dich hierzuhaben.«

In meiner Erinnerung hatte Frieder nie auf solch direkte Art Gefühle gezeigt. Ich drückte ihn. »Pass gut auf dich auf da draußen. Damit *du* unser Versprechen einhalten kannst.«

Langsam stieg ich in die Kutsche. Als ich mich noch einmal umdrehte, um zu winken, stand er noch da, sein Blick war nicht auf uns gerichtet. Er schaute in den Himmel. Wie ein sehr ungewisser Blick sah es aus.

Diese Zeit war voll von Abschieden, von denen man nicht wusste, ob sie endgültig waren.

Kapitel 18

Auf die Abende freute ich mich am meisten. Wenn ich nach Hause kam, war unsere Mutter schon in der Küche und bereitete das Abendessen vor. Jakob saß am Tisch, las entweder still oder unserer Mutter etwas vor. Ich wechselte meine Kleidung und half Mutter.

Wenn Post von Vater oder Günther gekommen war, redeten wir bei Tisch über den Krieg. Jakob war gut über die militärischen Schauplätze informiert. Ich konnte nicht anders und fragte, wo die Engländer intervenierten, aber es gelang mir nie, Robert im Geiste an einem dieser Orte zu sehen.

Wenn ich zuhörte, wie Jakob erzählte, dass die Deutschen in Polen, Holland, Belgien und Frankreich standen, in diesen Ländern, die unsere Nachbarn waren und nun mit einem Feind – uns – in ihrem Land leben mussten, war mir die Vorstellung zuwider. Davon konnte man in den Zeitungen natürlich nichts lesen. Da wurde von den »Heldentaten« und den militärischen Erfolgen der Wehrmacht berichtet.

Mir wurde angst und bange, wenn ich hörte, wie deutsche Flugzeuge Bomben auf englische Städte warfen. Ich hoffte, dass Robert in Fleetwood und dieses als Ziel zu unbedeutend war.

An einem Abend fand ich einen Brief von Maria auf dem Küchentisch. Sie beschrieb die erste Zeit des Einlebens auf dem Hof – auch sie hatte in Eda eine Vertraute gefunden. Sie erzählte von Frieder: »Er ist jetzt in einem Ort in Frankreich, den er nicht nennen darf. Du weißt, wie gut er mit Tieren umgehen kann. Er schilderte mir ein Erlebnis. Er kam an einem Hof vorbei und sah sich interessiert die Bauweise eines französischen Bauernhauses an. Ein Pferd wurde aus einem Stall geführt und sollte zum Hufschmied. Es bäumte sich auf, sträubte sich mit aller Kraft, sodass zwei Männer es kaum im Zaum halten konnten.

Frieder lief auf den Hof und schaffte es mit seiner Art, das Tier in kurzer Zeit zu beruhigen. Er begleitete den Bauern zum Schmied. Sie konnten einander nicht verstehen, was Frieder leidtat. Der französische Bauer war Frieder sehr dankbar und schenkte ihm zum Schluss ein großes Stück Käse. Amidesanimo (Ami des animaux) hat er ihn genannt. Frieder hat es aufgeschrieben, damit er es später einmal nachschlagen kann.«

Ich sah ein Bild von Frieder auf einem französischen Bauernhof vor mir. Er konnte wohl mit jedem Tier auf der Welt eine Verbindung herstellen. Ich war überzeugt, selbst mit einem Tiger im Dschungel. Später kroch ich in mein Bett und wünschte mir sehnlichst, einen Brief von Robert erhalten zu können. Ich hatte seit elf Monaten nichts mehr von ihm gehört und es war quälend, nicht zu wissen, wie es ihm ging oder wo er war.

Am einundzwanzigsten Juli 1940 kehrten zum ersten Mal seit Kriegsbeginn Einheiten von der Front nach Ulm zurück. Vater war leider nicht unter ihnen. Aber wir erhielten zum Glück regelmäßig Post von ihm und es schien ihm noch gut zu gehen. Vielleicht war das ein merkwürdiger Ausdruck. Soldaten fühlten sich bestimmt nicht gut, denn sie mussten kämpfen. Um ein Stück Land, aber vor allem um ihr Leben. Damit meine ich eher, dass er noch nicht verletzt worden war. Wir wussten aber nicht, ob er schon jemand anderen verletzt oder gar getötet hatte.

Immer mehr Auswirkungen des Krieges bekamen wir auch in unserer Stadt zu spüren. Zwangsarbeiter wurden aus Polen, Frankreich, Belgien und den Niederlanden geholt und auf Landwirtschaft und Industrie verteilt, um dem Arbeitskräftemangel zu begegnen. Auch Adalberts Hof hatte einen belgischen Arbeiter zugeteilt bekommen.

August 1940

Liebster Robert,
jeden Tag halte ich still Zwiesprache mit Dir, nur manchmal ist es so schlimm, dass ich Dir schreiben muss. Dir, auch wenn ich die Einzige bin, die es lesen wird. Es gibt mir einen gewissen Trost, da ich weiß, dass es für Deine Augen geschrieben wurde. Und ich habe meine Fantasie, in der Deine Hand verständnisvolle Worte zurückschreibt.
Diesen Samstag haben sie einer Frau auf dem Marktplatz die Haare geschoren, sie bloßgestellt. Angeblich soll sie sich mit einem französischen Kriegsgefangenen eingelassen haben. Selbst wenn das stimmen sollte, hat sie eine derartige Behandlung nicht verdient. Ich finde das abstoßend.
Mir müsste man auch die Haare scheren, denn ich bin in einen Engländer verliebt. Es zählt sicherlich nicht, dass Du zur Hälfte deutsch bist und dass mich die Sehnsucht nach Dir schmerzt, jeden Tag mehr.

Lena

Im zweiten Schwung von Soldaten, die für eine kurze Zeit nach Hause kommen konnten, war unser Vater. Sein Gesicht war gebräunt und er sah schmutzig aus, auch wenn ich auf seiner Uniform keine Flecken erkennen konnte. Das war meine erste Empfindung, als ich ihn nach Dienstende am Küchentisch sitzen sah. Wir hatten nicht gewusst, dass er freibekommen sollte, und waren alle sehr überrascht.

Fast ein Jahr hatten wir nun zu dritt als eine Familie zusammengelebt. Obwohl ich mich sehr freute, meinen Vater gesund wiederzusehen, gab es diesen ersten Impuls in mir, der mir sagte, am Tisch sitzt ein Fremder.

Ich bekam Angst, dass es mir mit Robert ähnlich ergehen könnte, dass wir uns als Fremde begegnen würden. Ich beruhigte mich nur langsam wieder. Vielleicht wurde unsere Liebe aber auch gerade deshalb konserviert, weil wir uns nicht schreiben, keinen Kontakt pflegen konnten?

Januar 1941

Mein geliebter Robert,
der Winter ist kalt und die Kohle ist knapp. Immer muss man sparsam sein. Mit dem Heizen, dem Essen. Es gibt einen Luxus, den ich mir gönne. Das Kino. Wenn ich die furchtbare Wochenschau überstanden habe, gehören die folgenden neunzig Minuten nur mir. Ich kann hineintauchen in eine neue Geschichte und mich überall auf der Erde befinden, nur nicht hier. Einmal bin ich während des Films zu Dir nach England gereist. Die Geschichte hat mich derart beflügelt, dass ich sie für mich selbst zu Ende gedacht habe.
Am liebsten mag ich die heiteren Filme, in denen sie singen. Ich erinnere mich dabei an unsere Nacht in der Oper in Berlin. Als Du mir versprochen hast, dass unsere Geschichte viel langweiliger enden wird als die der Tosca. Ich hoffe, du hältst dein Versprechen!

Lena

Der Frühling ging in den Sommer über und damit kam der Einmarsch deutscher Truppen in die Sowjetunion. Hitler brach seinen Nichtangriffspakt mit Stalin. Ich verstand nicht, wieso es kein Ende nehmen konnte, wieso ein weiteres Land in den Krieg hineingezogen und noch mehr Familien, noch mehr Liebende auseinandergerissen werden mussten. Ich schaute mir die Karte der Sowjetunion in unserem Schulatlas an. Es war ein riesiges Land. Das Deutsche Reich wirkte dagegen geradezu winzig. Aber so etwas durfte man natürlich nicht öffentlich sagen.

An einem Sonntag im Juli kam mich Luise besuchen. Sie hatte ihr erstes Kind bekommen. Eine Tochter – Marianne. Ich holte die beiden ab und wir spazierten durch die Innenstadt. Die Auslage vom Fotografen am Marktplatz war jetzt geprägt von

Soldatenbildern. Oder von Hochzeitsfotos, auf denen der Bräutigam in seiner Uniform steckte. Ich dachte an die Fotos, die ich für Frieder und Maria auf ihrer Hochzeit gemacht hatte. Sie waren viel lebendiger. Das Kind im Wagen erwachte und Luise nahm es auf den Arm.

Als wir nach Hause kamen, hatte Mutter bereits den Tisch gedeckt. Ich setzte Wasser auf, um den Ersatzkaffee aufzubrühen. Für einen Kuchen hatte unsere Zuteilung nicht gereicht, aber Mutter und ich hatten uns Mühe gegeben, aus den wenigen Zutaten ein paar Kekse zu backen.

Jakob freute sich ungemein über den Besuch und war von der kleinen Marianne ganz angetan. Er platzte vor Stolz, als Luise ihm ihre Tochter in seine Arme legte. Mir war klar, dass sich Jakob oft einsam fühlen musste. All seine Freunde waren eingezogen, Mutter und ich kamen erst am Abend nach Hause. Er las viel und beschäftigte sich ab und zu im Arbeitsraum unseres Vaters, aber ohne unsere Hilfe konnte er nicht nach draußen. Besuch bekam er nicht. Ich nahm ihn so oft wie möglich mit ins Kino.

So gestrahlt hatte er zuletzt beim Heimaturlaub unseres Vaters. Als er ihm in der Werkstatt das von ihm vollendete Schränkchen präsentierte und ihn Vater erstaunt lobte. Während seines Urlaubs zeigte er Jakob weitere handwerkliche Griffe und ich konnte sehen, wie sehr es ihn freute, dass er schließlich in seinem Sohn einen gelehrigen Schüler gefunden hatte. Jakob war wiederum stolz auf die Anerkennung unseres Vaters.

Der Nachmittag flog nur so dahin und es wurde Zeit, Luise zum Bahnhof zu geleiten.

Als wir alleine waren, lag mir eine Frage auf der Zunge: »Hast du Angst um deinen Gerd, ich meine, jeden Tag?«

»Na ja, natürlich habe ich Angst, dass ihm etwas passieren könnte. Aber nicht ständig, das geht gar nicht. Die Kleine beansprucht mich sehr, da komme ich nicht wirklich dazu, mir schlimme Gedanken zu machen. Ich versuche mir immer zu sagen, dass es ja doch nicht in unserer Hand liegt und wir

Vertrauen haben müssen, was immer auf unserem Weg kommen mag.«

»Und diese Gelassenheit hast du wirklich?«

»Es gelingt mir nicht immer, aber doch meistens. Meine Familie hilft mir sehr dabei.«

Auf dem Heimweg dachte ich über Luises Worte nach. Mir fehlte diese Gelassenheit. Es war eher ein stumpfsinniges Gefühl, das sich allmählich in mir breitmachte. Was wartete auf meinem Weg auf mich? Die Hoffnung auf ein Leben mit Robert ließ mich zwar immer wieder eine weitere Kurve nehmen. Aber natürlich wusste ich nicht, wie lange sie noch Antriebsmotor sein konnte.

Kapitel 19

Ulm, im März 1942

Geliebter Robert,
vorige Woche kam Frieder für fünf Tage auf Heimaturlaub. Er wurde aus Frankreich abgezogen und muss nun wie so viele andere nach Russland. Er kam am Hauptbahnhof in Ulm an und ging nicht gleich weiter zum Bauernhof, sondern erkundigte sich in der Postzentrale, wann ich meinen Dienst beenden würde. Du kannst dir vorstellen, wie erstaunt ich war, ihn nach meiner Runde vor dem Tor wartend vorzufinden. Ich sprang vom Fahrrad und lief in seine Arme, kaum begreifend, dass er tatsächlich vor mir stand.

Er lud mich auf eine Brause ein und erzählte mir von seinen Erlebnissen als Soldat in Frankreich. Ich nahm alles hungrig in mich auf, hatte unser Vater bei seinen Besuchen doch meistens geschwiegen. Was ich in seiner Schilderung neben Angstgefühlen und Abscheu wahrnehmen konnte, war eine gewisse Bewunderung für das französische Volk, das ja eigentlich der Feind war. Wir redeten, bis er auf den Bus musste, und ich versprach, am folgenden Sonntag auf den Hof nach Ersingen zu kommen.

Zuhause erzählte ich Jakob und unserer Mutter davon. Ich wollte unbedingt, dass sie mich begleiteten. Doch das kostete mich einige Überredungskunst. Ich ließ jedoch nicht locker, denn ich hatte bereits eine Idee. Ich wollte meinen Vorgesetzten, einen freundlichen älteren Mann, fragen, ob ich mir inoffiziell das Dienstfahrrad für den Sonntag ausleihen konnte.

Vater hatte in den guten Jahren für kleinere Auslieferungen einen Wagen mit Gummireifen erworben. Den wollte ich als Transportwagen für Jakob benützen. Ich

gab Jakob den Auftrag, sich eine Befestigungsmöglichkeit zwischen Fahrrad und Anhänger auszudenken.
Und was denkst Du, alles funktionierte nach Plan! Ich bekam unter der Hand das Rad für den Sonntag. Wir tüftelten den ganzen Samstagabend an einer guten Konstruktion und waren schließlich erfolgreich! Wir polsterten den Wagen mit Kissen und Decken aus und der Sitzplatz für Jakob war fertig.
Was mich besonders freute, war der Glanz in Jakobs Augen. Er war so eifrig dabei, unsere Aufgabe zu lösen, dass ich ihm vor lauter Freude um den Hals fiel. Wir konnten den folgenden Tag kaum erwarten.
Mutter wollte mit dem Bus fahren und gab uns ein wenig Starthilfe. Den Weg kannte ich ja auswendig. Es war herrlich und lief viel besser, als ich es mir vorgestellt hatte, aber etwa zwei Kilometer vor unserem Ziel brach unsere Verbindung auseinander! Es blieb mir nichts anderes übrig, als den restlichen Teil der Strecke zu Fuß zurückzulegen, mit der linken Hand schob ich das Rad, mit der rechten zog ich den Wagen.
Unsere Mutter war bereits da und alle hatten sich Sorgen um uns gemacht. Als sie uns auf den Hof kommen sahen, lachten sie vor Erleichterung. Ich war furchtbar erschöpft und fürchtete bereits den Heimweg. Trotzdem wurde es der schönste Tag seit Beginn des Krieges. Frieder und Adalbert bemühten sich sofort, die Bruchstelle zu reparieren, sodass wir ohne Bedenken wieder nach Hause fahren konnten. Dabei lernte ich auch den belgischen Zwangsarbeiter René kennen, der nun schon seit über zwei Jahren auf dem Hof arbeitete. Er packte mit an wie ein heimischer Knecht und schien sich gut in seiner Situation zurechtzufinden, er wirkte nicht wie ein Gefangener auf mich.
Irmgard hatte einen Kuchen gebacken, mit richtigen Eiern und einem großen Stück Butter. Es war himmlisch.

Wir aßen ihn komplett auf, was mir ein wenig peinlich war.
Anschließend sahen wir uns die kleinen Veränderungen auf dem Hof an, Frieder trug Jakob und ich hakte mich bei Eda unter. Adalbert erzählte, dass die Kühe wieder mehr Milch gaben, seitdem Frieder zurückgekehrt war. Ich war mir nicht sicher, ob man das glauben konnte, aber an diesem Tag war mir alles recht.
Wir redeten und lachten viel. Und spielten Karten. Zum Abendessen gab es Knödel mit Sauerkraut und Speck. Mir war, als hätte ich seit Ewigkeiten nicht mehr so etwas Herrliches gegessen. Satt und glücklich machten wir uns auf den Heimweg. Es fühlte sich so an wie früher, wenn ich für ein Wochenende nach Ulm gefahren war.
Kaum waren wir aus dem Ort heraus, begann Jakob zu singen. Er unterhielt mich den ganzen Heimweg mit Liedern und Gedichten. Zum Glück hielt die reparierte Stelle bestens. An diesem Tag fiel ich glücklich ins Bett.
Erst zwei Tage später bekam ich große Angst um Frieder. Obwohl es für einen Soldaten im Krieg immer gefährlich war, klang Russland viel bedrohlicher. Ich bekam ganz schreckliche Magenkrämpfe. Erst in den Morgenstunden hatte ich mich wieder besser im Griff. Es ist nicht möglich, in ständiger Angst um Dich, Vater und Frieder zu leben. Ich muss hoffen, dass wir uns alle gesund wiedersehen werden.

In Liebe, Lena

Die Spalten mit den Todesanzeigen wurden meines Erachtens immer länger. Zum Teil waren es Anzeigen, in denen die Mutter bereits den zweiten Sohn im Felde verloren hatte. Alle waren sie »den Heldentod gestorben«. Ich fragte mich, was das sein sollte. Heldentod, das gab es doch nur in Sagen, in denen irgendwelche Ritter oder mutige Königssöhne im Kampf gegen einen Drachen oder ähnlich Dramatisches gestorben waren. Und nicht durch Maschinengewehre oder Granaten, mit dem Gesicht in einem schmutzigen Feld. Begraben wurden sie auf Heldenfriedhöfen in Orten mit unaussprechlichen russischen Namen, die ihre hinterbliebenen Angehörigen vermutlich niemals würden besuchen können.

Ich merkte, wie der Krieg einen immer bitterer werdenden Geschmack auf meiner Zunge hinterließ und ich hatte Angst, letztendlich von ihm vergiftet zu werden.

Ulm, im Juli 1943

Liebster Robert,
ich frage mich, wie es Dir ergehen mag. Wenn Du in den Himmel blickst, weißt Du wenigstens, wo ich bin. Wenn ich das tue, überlege ich mir, an welchem Ort Du wohl sein könntest. Diese Unwissenheit ist quälend.
Ich bin dürr geworden. Meine Dienstuniform hängt schlaff an mir herunter, ich musste mir ein neues Loch in den Gürtel bohren. Manchmal bin ich so müde, dass ich nur noch schlafen will. Aber dann denke ich an all die Soldaten an der Front und ermahne mich, dass man hier nicht aufgeben darf. Und täglich sehe ich Jakob als lebendiges Beispiel vor mir, der trotz allem nicht aufgegeben hat.
Er ist mittlerweile ein sehr geübter Vorleser, sodass Mutter und ich uns auf all die Abende freuen, an denen er uns ein Stück aus seinen Büchern vorliest. Eigentlich spielt er mehr, als dass er liest. Er gibt jeder Figur eine andere Stimme und einen eigenen Charakter.
Wir sind zu dritt eine eingespielte Mannschaft. Und doch, wenn Vater die seltenen Male auf Heimaturlaub kommen konnte, war es nicht mehr so drastisch wie beim ersten Mal. Er spricht nicht viel über seine Erlebnisse als Soldat, aber man sieht ihm an, wie er Mutters Anwesenheit und ihr Essen genießt! Es sind kleine Gesten, wie

er ihr sanft über die Haare streicht, die ich früher nicht wahrgenommen habe oder die es so nicht gegeben hat. Vier Jahre leben wir jetzt so, so lange ist schon Krieg. Werden wir uns wiederfinden, uns wiedererkennen, wenn alles vorbei ist? Nächste Woche sind es fünf Jahre, seit wir uns kennen gelernt haben. Ich habe es mir zur Tradition gemacht, an unserem Jahrestag auf den Münsterturm zu steigen und eine Zeit lang an »Deiner« Stelle zu verweilen. In diesen Momenten fühle ich mich Dir näher als sonst.

Sei beschützt, in Liebe,
deine Lena

Schon im Flur riss ich mir meine Dienstjacke von den Schultern und rief Jakob im Wohnzimmer zu, er solle sich bereitmachen.

»Heute Abend läuft ›Die Feuerzangenbowle‹ im Kino. Lass uns das nicht verpassen!«

Er klappte sein Buch zu und grinste: »Bin bereit.«

Ich ging nach oben und wechselte meine Kleidung. Mutter und ich trugen zunächst Jakob, dann den Rollstuhl die Stufen vor der Eingangstür hinab. Diese Prozedur brachte uns jedes Mal ins Schwitzen, aber wir versuchten, es Jakob nicht merken zu lassen.

Vor dem Kino gab es eine Schlange. Man sah dort auch verwundete Soldaten, sie bekamen im Kino verbilligten Eintritt. Ansonsten bestand das Publikum überwiegend aus Frauen. Ich freute mich auf die neunzig Minuten Flucht aus der harten Wirklichkeit.

An der Kasse löste ich für uns beide Eintrittskarten und schob Jakob an den Rand neben einer der vorderen Reihen, um mich neben ihn zu setzen. Während der Wochenschau schloss ich die Augen und versuchte, den Ton auszublenden. Ich wollte mir mein Filmerlebnis nicht durch Nachrichten vom Kriegsgeschehen verderben lassen. So merkte ich nicht, wie ein älterer Herr an uns vorbeiwollte. Er stieß mich grob an. »Ich möchte vorbei.«

»Bitte«, sagte ich zweideutig, stand auf und half Jakob, zur Seite zu rollen.

»Elender Krüppel, kostet den Staat nur Geld! Den sollte man abtransportieren«, zischte der Mann zwischen seinen Zähnen hervor.

Ich konnte kaum glauben, was ich da gehört hatte. Ohne zu überlegen, ging ich ihm hinterher, überholte ihn und schnitt ihm den Weg so ab, dass er über einen meiner Füße stolperte. Das alles geschah in Sekundenschnelle, es war ein Reflex. Der Mann lag ausgestreckt auf dem Boden. Bevor er die Zeit hatte, sich wieder aufzurichten, drehte ich mich um und kehrte an meinen Platz zurück. Mein Herz klopfte wild. Vor Wut und auch ein bisschen vor Genugtuung. Ich sah Jakob an und machte eine Handbewegung, die signalisieren sollte, dass ich den Mann für verrückt hielt. »Der gute Mann war wohl so verwirrt, dass er sich nicht mehr auf den Beinen halten konnte.«

Jakob schaffte es, mich anzulächeln. Der Film begann. Der Mann kehrte zu unserem Glück nicht wieder an seinen Platz zurück. Meine Vorfreude auf den Film war verschwunden. Ich hoffte, dass sich Jakob die Worte nicht zu sehr zu Herzen nahm. Als ich zu ihm hinüberschaute, sah ich seinen konzentrierten Blick auf die Leinwand.

Wie konnte ein Mensch zu solch einer Äußerung fähig sein? Ich empfand Abscheu für diesen Menschen, der mir völlig unbekannt war. Am liebsten wäre ich ihm an die Gurgel gegangen. Ich erschrak über mich. Seit wann war ich so aggressiv geworden?

Ich lehnte mich in den Sitz zurück und versuchte, auf die Handlung des Filmes zu achten. Würde ich in einer Welt leben, die so glücklich und harmonisch aussähe wie im Film, gäbe es keinen Grund, verbittert zu sein.

Ich war sparsam umgegangen mit meinem Fotoapparat. Seit Frieders und Marias Hochzeit hatte ich nur noch vereinzelt Bilder gemacht. Ein Rest Entwicklerflüssigkeit war mir noch übrig geblieben und nun ging ich in den Keller, um die Fotografien zum Vorschein kommen zu lassen. Nach dem Fixierbad gab ich die Bilder zum Wässern und hängte sie anschließend zum Trocknen auf. Es sahen mir Episoden aus den letzten vier Jahren meines Lebens entgegen. Zunächst ein Familienfoto, das entstanden war, kurz bevor Vater wegmusste. Der Bahnsteig, voller Soldaten und ihren Angehörigen. Dann die Kollegen auf ihren Dienstfahrrädern. Auch ich selbst an Roberts Ruheplatz auf dem Münsterturm. Natürlich Jakob in Vaters Werkstatt. Und auch Mutter am Herd, über einen Kochtopf gebeugt. Sie hatte mich zum Zeitpunkt der Aufnahme geschimpft – »So eine Bildverschwendung! Lass mich doch wenigstens mich ein bisschen fein machen, bevor du mich fotografierst. Jetzt steh ich da mit der Schürze.«

Ich fand es viel spannender, die Menschen in alltäglichen Situationen zu fotografieren. Die Möglichkeit, einen Moment in ihrem Leben einzufangen, der ihr tägliches Tun widerspiegelte, nicht nur die besonderen Momente.

Ich sah mir noch einmal Luise an, wie sie zwischen meiner Mutter und Jakob auf der Couch saß, Jakob hielt Marianne auf seinen dünnen Ärmchen. Dann ein Foto, das Mutter gemacht hatte: Jakob und ich auf unserer zusammengebastelten Fahrrad-Anhänger-Konstruktion. Jakob imitierte darauf einen Rennfahrer.

Schließlich ein Bild von uns allen auf dem Hof in Ersingen. René hatte den Auslöser betätigt. Frieder steht außen rechts, einen Arm um Maria gelegt. Irmgard und Adalbert stehen mittig, daneben meine Mutter, die sich bei Eda unterhakt. Ich habe mich neben Jakob auf die kleine Bank gesetzt. Wir sehen fröhlich aus. Anhand des Bildes könnte man nicht auf den Gedanken kommen, dass Krieg herrscht. Oder vielleicht doch – Vater fehlte.

Ich ging in mein Zimmer, um die Blechschatulle zu holen, in der ich meine wertvollsten Bilder sowie mein Tagebuch aufbewahrte. Ganz oben lag ein Foto von Robert und mir. Es war im Foyer der Berliner Pension entstanden, nachdem wir von unserem

Opernbesuch zurückgekommen waren. Ich blickte auf die beiden glücklichen Menschen und streichelte mit dem Finger über Roberts Gesicht. Ich hielt mir das Foto dicht unter die Nase, als könnte ich dadurch den Duft von Robert wahrnehmen. Ich legte mich aufs Bett und umklammerte mein Kissen. Sehnsucht.

Das war in diesen Jahren zu einem Dauerzustand geworden. Ich gab mich meinen Tagträumen hin, malte mir jenen Moment aus, in dem dieser furchtbare Krieg endlich vorbei sein und ich auf welchem Weg auch immer, wenn nötig auf meinem Dienstfahrrad, nach England fahren würde. Die Szene, wie ich nach all den Jahren Robert wieder in die Arme schließen würde, erschien ein Dutzend Mal vor meinem inneren Auge.

Irgendwann musste ich eingeschlafen sein, ich erwachte frierend in der Nacht in der gleichen Stellung, in der ich mich hingelegt hatte. Ich kroch unter die Decke, aber selbst die Wärme ließ mich nicht mehr einschlafen, ich verspürte ein merkwürdig dringliches Gefühl, Robert nah zu sein. Da das nicht möglich war, wollte ich wenigstens an einen Ort, der mich mit ihm verband. Ich streifte mir Schuhe und Mantel über und verließ das Haus. Meine Beine schlugen ohne die Kontrolle meines Kopfes den Weg zum Münster ein. Die Tür war um diese Zeit natürlich geschlossen und ich starrte zum Hauptturm hinauf, in dem er gesessen hatte und wo ich immer saß an unserem Jahrestag. Mit dem Wissen um die nachfolgenden Ereignisse konnte ich nun sagen, dass das der Moment gewesen war, in dem ich mich in ihn verliebt hatte. Als ich von der Spitze des Turmes zurück auf die Aussichtsplattform kam und ihn dort sitzen sah.

Ich schaute lange nach oben, bis mir schwindlig wurde und ich einige Schritte nach vorne machte und mit meiner ausgestreckten linken Hand die jahrhundertealten Steine berührte. Ich begann zu flüstern: »Bitte, lieber Gott, bitte, bitte, lass ihn leben. Ich bitte dich, lass ihn diesen Krieg überleben, damit wir wieder zusammen sein können.«

Ich stand dort gegen diese riesige Kirche gelehnt und wiederholte meine Bitte unzählige Male. »Bitte, bitte, lass ihn leben.«

Ich war überzeugt, dass ich meine Bitte derart oft vortragen musste, damit Gott wusste, wie wichtig sie mir war. Ich wünschte mir sonst nichts auf der Welt.

Langsam ließ ich meinen Arm nach unten sinken und spürte die raue Oberfläche des Gemäuers an der Innenseite meiner Hand. Erschöpft machte ich mich auf den Weg nach Hause. Ich hatte das Gefühl, alles in meiner Macht Stehende getan zu haben. Und ich vertraute Gott, dass er alles Weitere übernahm.

Es begann bereits zu dämmern und ich drehte mich noch einmal zu dem Riesen hinter mir um. Er zeichnete sich dunkel vor dem schwachen Licht ab. Es sah geradezu gespenstisch aus.

17. März 1944

Liebster,
gestern gab es zum ersten Mal tagsüber einen Angriff aus der Luft, zehn Menschen wurden dabei getötet. Ich war gerade auf meiner Tour und hätte eigentlich in den nächstgelegenen Luftschutzkeller flüchten müssen. Doch ich bekam einen Stich der Angst in meiner Brust, als ich an Jakob dachte, der alleine zu Hause saß, ohne Möglichkeit, sich vor einem Angriff zu schützen. Wer konnte schon wissen, ob Mutter es vor dem Angriff nach Hause schaffte?
Ich trat mit voller Kraft in die Pedale und versuchte, mit dem schweren Fahrrad so schnell als möglich nach Hause zu kommen. Menschen mit ihren Koffern auf dem Weg in die schützenden Keller kamen mir entgegen. Der Klang der Sirene dröhnte in meinem Kopf – und mit Erschrecken stellte ich fest, dass sich noch ein weiteres Geräusch dazumischte – Motorengeräusche aus der Luft.
Keuchend erreichte ich unser Haus, mit einem letzten Rest von Sauerstoff in meinen Lungen rannte ich die Treppen zum Eingang hoch und kreischte Jakobs Namen. Er saß in der Werkstatt und ich fiel ihm um den Hals. Ich rollte ihn an den Eingang zur Kellertreppe und wir robb-

ten gemeinsam die ersten 4 Stufen hinunter. Als das zu anstrengend wurde, blieben wir still an der Stelle sitzen und warteten die Entwarnung ab.
Heute steht im Ulmer Tagblatt, dass wir jetzt noch härter und entschlossener geworden sind, dem Feind zu trotzen. Wer mit dem »wir« gemeint ist, kann ich nicht sagen. Ich hatte schreckliche Angst. Diese Angst bringt einen doch viel eher dazu, Frieden zu wollen, anstatt weiterzukämpfen? Aber vielleicht geht es jetzt schneller – da der Krieg nun zu uns ins eigene Heim kommt, kann es doch hoffentlich nicht mehr lange dauern, bis er zu Ende ist.

Bis bald, mein Liebster,
Deine L

Nach viel zu langer Wartezeit kam wieder ein ersehnter Brief von Vater an. Er war kurz und aus den Zeilen sprach Erschöpfung. Jedenfalls war das mein Eindruck. Unser Vater fürchtete den Winter und die unglaubliche Kälte in Russland. Er erzählte von seinen Kameraden und wie sie ihre Stellung am Waldesrand vor einem Dorf hielten. Er schloss mit den besten Grüßen an seine Lieben zu Hause, die er sehr vermisse.

Obwohl der Brief nicht viel von ihm erzählte, waren wir froh, ein Lebenszeichen von ihm erhalten zu haben. Unsere Mutter beeilte sich, ein Paket für ihn vorzubereiten. Sie packte warme Kleidung, Hartwurst und Kekse für ihn ein. Jakob legte den Gedichtband von Hans Carossa dazu, aus dem er uns schon häufig vorgelesen hatte, und ich das Familienfoto, das kurz vor Vaters Abfahrt entstanden war.

Es war Anfang Oktober und ich wollte nicht glauben, dass wir schon seit fünf Jahren in diesem Zustand lebten. Krieg. Je öfter ich mir dieses Wort hintereinander vorsprach, desto absurder wurde es. Ich wünschte, es könnte zerplatzen wie eine Seifenblase.

Als ich am nächsten Morgen in die Arbeit ging, nahm ich das Päckchen vom Küchentisch und trat damit ins Freie. Ein erster kühler Hauch schlug mir entgegen.

Kapitel 20

Mutter war eben zur Tür hereingekommen und legte ihr Kopftuch ab. »Stell dir vor, die Frau Hellbichl von nebenan hat mir ein Stück Rosinenkuchen mitgegeben, weil doch heut der dritte Advent ist. Den soll ich mit meinen Kindern genießen, hat sie gemeint.«

Ich hatte etwas Holz in den Ofen gelegt, damit es in der Küche, dem einzigen noch beheizbaren Raum, nicht auskühlte. Nun blickte ich erwartungsvoll in Mutters Richtung. Wie lang war es her, dass wir schon keinen Kuchen mehr gehabt hatten, dachte ich mir. »Wundervoll!« Ich strahlte. »Seit wann ist Frau Hellbichl denn so spendabel?«

»Na ja, die letzten Monate haben der Armen auch ganz schön zugesetzt. Seit Anfang September hat sie schon nichts mehr von ihrem Mann gehört.«

»Na, dann werde ich zur Feier des Tages Wasser für unseren guten Muckefuck aufsetzen«, zwinkerte ich meiner Mutter zu.

Jakob schlief im Nebenzimmer. Nachdem wir mit bescheidenen Mitteln den Tisch nett gedeckt hatten, weckte ich ihn. Auch Jakobs Augen glänzten beim Anblick des Kuchens. Wir hatten sogar drei Kerzen angezündet. Ich merkte, wie wir alle von einer festlichen Stimmung ergriffen wurden, eine Erinnerung an alte Zeiten. Nur Vater fehlte.

Es war schwer, den Kuchen langsam, Stückchen für Stückchen zu genießen. Ich konnte mich nicht beherrschen und innerhalb kürzester Zeit hatte ich meinen Anteil verschlungen. Obwohl ich ohne Probleme noch eine Portion hätte essen können, lehnte ich ab, als Mutter mir ein Stück ihres Anteils anbot.

Mutter fing ohne ersichtlichen Grund an zu kichern. Jakob und ich sahen uns fragend an. Das war ungewöhnlich für unsere Mutter. Sie fragte uns: »Könnt ihr euch noch erinnern, als Jakob einmal ein Riesenstück aus einem Gugelhupf herausgebrochen hat und welchen Ärger das damals gab?«

Die Rückschau an das weit zurückliegende Ereignis ließ auch uns in ihr Lachen einstimmen. Jakob war damals erst vier oder fünf Jahre alt gewesen. Zur Sommerzeit hatte jemand in der Nachbarschaft auf der Terrasse seinen Tisch zu Kaffee und Kuchen gedeckt. Der Besuch war noch nicht eingetroffen, als Jakob dort vorbeischlich und diesen Schatz entdeckte. Ohne zu überlegen, kletterte er schnell über den Zaun und brach sich ein übergroßes Stück aus dem Festtagskuchen. Er war bereits wieder über den Zaun zurückgeklettert, als man ihn entdeckte. Er war schnell wie der Blitz verschwunden. Die Nachbarn dachten nicht an eine Verfolgung, da sie das Malheur noch gar nicht bemerkt hatten.

Am Abend klingelte es an unserer Haustür. Mein Vater stand dem Nachbarn gegenüber, der wütend Ersatz und eine Entschuldigung verlangte. Ich konnte mich an die Umrisse meines Vaters erinnern, wie er breitschultrig in der Tür stand und behauptete, dass er sich zu nichts davon veranlasst sähe, da sein Sohn keinen Kuchen gestohlen hätte. Obwohl sichtlich verärgert, gab der Nachbar bald nach. Er musste wohl eingesehen haben, dass er hier nicht viel bewirken konnte. Damals war ich so stolz auf meinen Vater gewesen. Ich hatte das Gefühl, den stärksten Vater zu haben, der immer seine Familie verteidigen würde.

Jakob wurde durch die Erinnerung lebhafter und berichtete in lustvollem Ton von weiteren Jungenstreichen, von einigen hörten wir bei dieser Gelegenheit zum ersten Mal. Draußen war es längst dunkel geworden, als wir gutgelaunt die Teller zusammenstellten. Das gefürchtete Geräusch der Sirene ließ mich das Kuchenbesteck klirrend in das Spülbecken fallen lassen. Fliegeralarm! Mit einem Schlag wurden wir alle von Panik erfasst.

»Schnell, hol den Notfallkoffer«, rief mir meine Mutter zu, während sie Jakob in seine Jacke packte und die Decke über seine Beine breitete. Der Klang der Sirene brannte in meinen Ohren. Ich konnte spüren, wie mir der Schweiß an der Innenseite meiner Arme hinunterlief. Ich nahm den Koffer, in dem sich Ersatzkleider, Decken und mein Fotoapparat befanden, und packte meine Blechschatulle unter meinen Mantel.

»Magda, schnell!«, wurde ich ermahnt. Kaum hatte ich meine Stiefel angezogen, standen wir vor der Tür. Auf der Straße herrschte ein panikartiges Durcheinander. Die Menschen strömten alle zum Luftschutzbunker in der Platzgasse. Ich versuchte Ruhe zu bewahren. Es war total neblig, wie konnten die Flieger überhaupt etwas sehen? Vielleicht brachen sie aufgrund der schlechten Sichtverhältnisse ihren Flug wieder ab. Leichte Hoffnung flammte in mir auf. Zusammen mit Mutter packte ich den Rollstuhl Jakobs an, um ihn die Treppen zur Straße hinunterzutragen. Es war unglaublich schwer. Bisher hatten wir Rollstuhl und Jakob getrennt voneinander getragen, dazu war jetzt keine Zeit. Ich war einem Krampf in den Armen nahe und fürchtete, ihn nicht mehr halten zu können.

Mutter machte sich mit Jakob auf den Weg, während ich nach oben sprang, um den Koffer zu holen. Die beiden hatte ich bald eingeholt, da man mit dem Rollstuhl nicht schnell vorankam. Auch die anderen Menschen überholten uns. Mir schien, als wären wir die Letzten, die sich auf der Straße befanden. Was, wenn es keinen Platz mehr im Bunker gab? Reichte die Zeit, um zurückzukehren in unseren Keller? Meine Mutter musste ähnliche Befürchtungen gehabt haben, denn sie befahl mir, den Koffer an die nächste Hauswand zu lehnen und ihr beim Schieben zu helfen.

Ich konnte schon die Orientierungslichter sehen, die sogenannten Christbäume, die die feindlichen Bomber geworfen hatten. Mit letzter Kraft legten wir noch an Tempo zu und erblickten den ersehnten Eingang zum Bunker. Man rief uns zu, schneller zu machen, manche drohten uns mit den Fäusten und schimpften, dass wir alle in Gefahr brächten, wenn wir uns nicht beeilten. Ich blickte auf meine Mutter und erschrak, wie erschöpft sie aussah. Der Luftschutzwart half uns mit Jakob. Wir waren tatsächlich die Letzten. Im Bunker saßen bereits sehr viele

Menschen. Kurze Zeit nach unserem Eintreffen wurde die Tür geschlossen.

Eine Frau mit ihren zwei Kindern rückte ein wenig zur Seite, sodass wir mit Jakob Platz fanden. Unsere Decken oder zusätzliche Kleidung waren im Koffer und so mussten wir uns auf den kalten Boden neben Jakobs Stuhl setzen.

Die Zeit, bis die Bomben fielen, empfand ich bei den letzten Angriffen fast schlimmer als den eigentlichen Bombensturm. Meistens hatte ich mein Strickzeug mitgehabt. Ich hatte mir antrainiert, selbst im Dunkeln stricken zu können. Dieses Mal hatte ich nichts, worauf ich meine Konzentration hätte richten können. Aus der anderen Ecke des Bunkers erklang eine hysterische Stimme. »Dieses Mal erwischt es uns. Da bin ich mir sicher. Jesus, Maria, Mutter voll der Gnaden, erhöre uns.«

»Seien Sie doch still!«, ermahnte eine Männerstimme. Ich glaubte, den Wart zu erkennen, aber meine Sicht war eingeschränkt. Die Kinder nebenan hatten zu weinen begonnen. Ich dachte an Robert. Robert. Ich merkte, wie ich ruhiger wurde. Ich würde ihn wiedersehen, also würden wir das hier überleben. Mein Atem wurde langsamer. Ich klammerte mich mit aller Kraft an die schönen Erlebnisse, die ich mit ihm teilte. Sie entstanden so lebhaft vor meinem geistigen Auge, dass es mir gelang, meine Umgebung auszuschalten.

Als die ersten Bomben explodierten, wurde ich umso schlimmer aus meinen Tagträumen gerissen. Mich packte die blanke Angst. Meine zitternde Hand fand die Jakobs. Ich suchte seine Augen und konnte darin auch nur pures Entsetzen sehen. Um mich zu trösten, streichelte er meine Hand.

Die Bombeneinschläge wurden immer zahlreicher. Der Lärm war unvorstellbar. Auch die Geräusche im Bunker wurden immer lauter. Neben Kindergeschrei und Jammern hörte ich nun auch vielfach Leute laut beten. Ich zog meine rechte Hand zurück und hielt mir die Ohren zu. Es ist so laut, es ist so laut, jammerte eine Stimme in meinem Kopf. Kann es nicht endlich ein Ende haben? Wieso müssen wir das erdulden?

Ich versuchte, wieder an Robert zu denken, aber es ging nicht mehr. Die Angst hatte mich komplett in ihrer Hand. Ich hatte das Gefühl, keine Luft mehr zu bekommen, und atmete schnell und unregelmäßig. Da spürte ich eine warme, beruhigende Berührung auf meinem Kopf. Jakob streichelte mir über mein Haar. Ich schaffte es kaum, ihn anzublicken. Mein Gesicht war tränennass. Im Gegensatz zu vorhin sah er mich nun mit großer Sicherheit an. Ein Blick, der sagen wollte, keine Angst, wir werden das überstehen. Die Furcht war komplett von ihm gewichen. Ich versuchte, mein Wimmern zu unterdrücken. Er hörte nicht auf, meinen Kopf zu streicheln.

Ich konnte nicht sagen, wie viel Zeit vergangen war, als der katastrophale Lärm langsam abebbte. Der Ruf zur Entwarnung war noch nicht gegeben worden. Aber ich kam allmählich wieder zur Besinnung. Ich erhob mich, um meine Mutter sehen zu können, die auf der anderen Seite von Jakob gesessen hatte.

»Mutter!« In ihrem Gesicht schien kein Blut mehr zu sein, so blass sah sie aus. Ich kniete mich neben sie und streichelte ihre Wange. Sie blickte geradeaus ins Leere.

Jakob, der uns beide beobachtete, sagte: »Wir haben es überstanden.«

Kurze Zeit später wurde die Tür geöffnet. Der Luftschutzwart ging als Erster hinaus und kam einen kurzen Moment später wieder herein, griff sich ein paar der Männer, die im Eingangsbereich standen, und wies sie an, sich Löschzeug zu packen. Er hatte einen beängstigend wirkenden Gesichtsausdruck.

Es dauerte eine Weile, bis die Menschen aus dem Bunker strömten. Aufgrund der Reaktionen, die sich auf ihren Gesichtern abzeichneten, wenn manche zurückkehrten, um weitere Angehörige oder auch ihre Habseligkeiten zu holen, konnten wir uns vorstellen, dass es draußen schlimm aussehen musste.

Als wir nach draußen traten, schnürte es mir fast die Kehle zu. Obwohl wir Ende Dezember hatten, war die Luft heißer als an einem Sommertag. Überall brannte es. Die Straßen waren mit Trümmern übersät. An ein Durchkommen mit dem Rollstuhl war nicht zu denken, selbst zu Fuß würde es schwer sein, den Weg nach Hause zu meistern. Oder viel eher, ihn zu finden. Die Straßen waren verschüttet und die Häuser, die als Orientierung dienen konnten, waren zerstört oder brannten.

»Was sollen wir jetzt nur tun?«

Obwohl ich die Frage eher ins Leere gestellt hatte, antwortete meine Mutter: »Magda, traust du dir zu, zurück zum Haus zu gehen? Ich werde mit Jakob hier warten, bis wir jemand gefunden haben, der uns helfen kann, ihn zurückzutragen. Komm so schnell wie möglich wieder zurück und bring Decken und etwas zu Essen mit, ja?«

»Ist gut.« Beim Anblick der brennenden und rauchenden Trümmer war ich mir zwar nicht sicher, wie ich das bewerkstelligen sollte, aber mir fiel auch keine andere Lösung ein. Also wandte ich mich zum Gehen.

»Magda! Pass gut auf dich auf. Es könnten noch Hauswände einstürzen. Und halt dir ein Taschentuch vors Gesicht.«

Mit diesen Worten verabschiedet, fühlte ich schon weniger Angst als zuvor, gefangen im Bunker. Ich folgte einigen Menschen, die, wie ich vermutete, die Richtung einschlugen, in der unser Haus lag. Wie sehr ich mir wünschte, dass es noch dastand! Mutter war eben ganz selbstverständlich davon ausgegangen, vielleicht war das ja eine Schutzreaktion gewesen? Beim Anblick der eingestürzten und brennenden Häuser hoffte ich, dass deren Bewohner rechtzeitig geflohen waren. Vereinzelt konnte ich noch Gebäude stehen sehen, zwei, drei in einer Reihe, die verschont geblieben waren, die Fenster fehlten aber auch ihnen. In Richtung Olgastraße schien es eher ein Durchkommen zu geben, aber der Weg zum Münster war wohl versperrt.

Ich versuchte mich auf meinen Weg zu konzentrieren und möglichen Gefahren, so gut es ging, aus dem Weg zu gehen. Es konnte nicht mehr weit sein. Ich hatte das Gefühl, am Anfang unserer Gasse zu stehen. Da entdeckte ich jemanden neben einem großen Trümmerstück liegen, das vermutlich einmal eine Hauswand gewesen war. Die Person war ganz hell vor lauter

Staub, daher konnte ich nicht erkennen, ob es ein Mann oder eine Frau war. Ich näherte mich ihr. Sie lag mit dem Gesicht zum Boden und ich versuchte sie vorsichtig umzudrehen, was sich als schwieriger herausstellte, als ich gedacht hatte. Erst bei meinem zweiten Versuch entdeckte ich ein großes Loch seitlich am Schädel, das bis zum Gesicht reichte. Mit viel Kraft schaffte ich es, die verletzte Person umzudrehen. Ich starrte in das blutüberströmte Gesicht einer Frau. Ihre Schulter war merkwürdig verdreht. Ich versuchte ihren Puls zu spüren, obwohl ich bei ihrem Anblick sicher war, dass sie nicht mehr lebte. Mein Verstand sagte mir, dass sie tot war, es war schwer, mich von ihr loszureißen. Ich musste mich zwingen, sie dort liegen zu lassen, um nach unserem Haus zu suchen. Langsam bahnte ich mir meinen Weg. Durch den vorbeiziehenden Rauch konnte ich das Haus erkennen, das dem unseren gegenüberlag. Es stand. Mit klopfendem Herzen drehte ich mich um – und sah nichts! Ich drehte mich noch einmal zum Nachbarhaus, sicher, einem Irrtum erlegen zu sein. Ich konzentrierte mich, eine genaue 180-Grad-Drehung zu vollziehen. Und da sah ich es. Die seitlichen Mauern des Erdgeschosses unseres Hauses waren an ihrem ursprünglichen Platz, dazwischen lag nur noch ein brennender Berg voller Zerstörung. Unser Haus war weg.

Kapitel 21

Es gab nur einen Ort, an den wir jetzt noch gehen konnten, und Mutter hoffte, dass Adalbert uns aufnehmen würde, ohne eine Vorankündigung und ohne jeglichen Besitz.

Post und Bahnhof, wie der gesamte Bahnhofsplatz, waren getroffen worden und lagen in Schutt und Asche. Meine Arbeitsstelle gab es nicht mehr. Meine Heimatstadt war verschwunden, untergegangen in einem riesigen Feuerball. Feuerwehrkräfte aus allen umliegenden Orten waren in der vergangenen Nacht zu Hilfe geeilt, um zu löschen, zu retten.

Mir wurde schwindlig, wenn ich daran dachte, dass wir den Angriff überlebt hatten. Wer konnte sagen, wie viele Menschen in der vergangenen Nacht ihr Leben verloren hatten?

Wir hatten kein Auge zugetan, und nachdem wir uns irgendwie über die Olgastraße einen Weg durch die schwelenden Trümmer gebahnt hatten, waren wir im Morgengrauen auf dem Weg nach Ersingen. Ich schob Jakob. Meine Mutter hatte ihr Kopftuch tief ins Gesicht gezogen, man konnte nur ihre Nasenspitze sehen. Es war eisig kalt.

»Das Münster. Es ist nicht getroffen worden. Es steht noch.« Jakob sagte die Worte ganz leise.

Wir schwiegen, jeder in seine Gedanken versunken. Ich empfand es als kleines Glück, dass mein ganz persönliches Hoffnungszeichen verschont geblieben war.

Gegen Mittag erreichten wir Erbach. Mir war durch den Fußmarsch ordentlich warm geworden, aber Jakob musste fürchterlich frieren. Der Gedanke, dass wir nicht mehr nach Hause gehen konnten, um ein paar Extradecken für ihn zu holen, schien noch völlig unwirklich.

In der Ortsmitte machten wir Halt, um ein wenig auszuruhen. Ich rubbelte Jakobs Hände.

Ein Mann mit einem Fuhrwerk sprach uns an. »Kommt ihr etwa aus Ulm?«

Nur Jakob und ich antworteten einsilbig auf seine Fragen, denn unsere Mutter schien wie versteinert zu sein. Als er hörte, dass wir unser Haus verloren hatten, bot er an, uns zu unserem Ziel zu fahren. In dem Moment hätte ich diesen fremden Mann umarmen können. Gemeinsam mit Jakob setzte ich mich nach hinten, während Mutter neben dem Herrn Platz nahm.

Jakob und ich bedankten uns überschwänglich, als wir in der Hofeinfahrt abgesetzt wurden. Mutter brachte noch immer kein Wort heraus. Ein solch unhöfliches Verhalten war vollkommen untypisch für sie.

Der Mann hatte sein Fuhrwerk kaum gewendet, als Eda vor die Haustüre trat und auf uns zulief. Sie drückte mich an sich und murmelte: »Dem Herrn sei gedankt, ihr seid am Leben.« Über ihr Gesicht liefen Tränen. Eda schob uns Geschwister ins Haus, aber Mutter blieb im Eingang stehen, bis Adalbert in den Flur trat. Da endlich brach sie ihr Schweigen, ihre Stimme zitterte vor Anspannung.

»Cousin, ich muss dich nun um deine Güte bitten. Wir leben, aber alles andere haben wir in der gestrigen Nacht verloren. Nimmst du meine Kinder und mich auf?«

Er nickte nur, zog sie ins Haus und schloss die Tür.

Wir saßen in der wunderbar warmen Küche und Maria kochte für uns heiße Milch mit Honig.

»Wir haben den Feuerschein gesehen. Es war unglaublich hell. Da haben wir gewusst, dass Ulm brennt.« In Adalberts Gesicht lag ein bitterer Ausdruck, den ich noch nie bei ihm bemerkt hatte, wenn er vom Krieg sprach.

Eda schnäuzte sich. »Wir müssen dankbar sein, dass ihr überlebt habt. Als ich gestern den Feuerschein sah, hätte ich nicht gedacht, dass dort jemand lebend wieder herauskommt.«

Dann wurde es still am Tisch. Man hörte nur das Klappern der Tassen, die Maria vor uns hinstellte, und das Knistern der wunderbar heißen Milch, die diese füllte. Sobald sich die Wärme in mir ausgebreitet hatte, fühlte ich schlagartig, wie müde ich war. Einen Moment später war ich am Tisch eingeschlafen.

Ich wachte auf und wusste nicht, wo ich mich befand oder wie spät es war. Es dauerte einen Moment, bis ich in der Dunkelheit etwas erkennen konnte. Ich lag in meiner alten Kammer, an der gegenüberliegenden Wand schlief mein Bruder auf einer Strohmatratze. Ich zog mich leise an und schlich nach unten in die Küche. Die Uhr oberhalb des Ofens zeigte auf kurz vor vier. Das ganze Haus schlief noch. Ich legte mir eine Decke um die Schultern und ging in den Stall. Auch die Kühe schienen schläfrig, nur wenige streckten mir ihre Köpfe entgegen, als ich den Stall betrat. Ich ging zu Lise, die mir als das gutmütigste von den Tieren in Erinnerung geblieben war. Ich streichelte ihr über den Kopf und lehnte meinen Oberkörper gegen ihren warmen Bauch. Vorsichtig legte ich mein Gesicht auf ihrem Rücken ab und sog den Duft ihres Fells ein. Ich spürte ihre Atemzüge und für einen Moment atmeten wir im Gleichklang. Sie war so lebendig.

In all diesen Jahren, gefüllt mit Ängsten und Sorgen, fühlte ich mich manchmal schon wie tot. Dieser sanft atmende Körper unter mir strahlte Wärme und Lebendigkeit aus und ich spürte, wie etwas davon in meinen Körper überging. Unerwartet jäh vermisste ich Frieder. Er hätte sicher verstanden, was gerade in mir vorging.

Ich streichelte Lise und verabschiedete mich von ihr. Auf dem Weg ins Haus schnappte ich mir einige Holzscheite, um die noch Schlafenden mit gekochtem Zichorienkaffee zu überraschen. Ein zweites Mal war ich nun hier aufgenommen worden. Diesmal waren wir aus einer Notsituation gerettet worden und ich war mir des Mitgefühls unserer Verwandten und des Opfers, das dies für sie bedeutete, zutiefst bewusst. Dieses Mal würde ich doppelt so hart arbeiten.

Kapitel 22

Es war wunderbar. Ich fühlte mich auf dem Hof wie in einer anderen Welt. In einer Welt des Friedens. Wenn es den Belgier René nicht auf dem Hof gegeben hätte, wäre dieses Fleckchen Erde als Insel erschienen, inmitten eines Ozeans voll Krieg.

René war freundlich, er redete mehr als Frieder und die meiste Zeit über war es schwer, ihn zu verstehen. Er hatte ein fröhliches Wesen und machte nicht den Eindruck eines Gefangenen.

Vor knapp einer Woche waren wir angekommen und Heiligabend stand vor der Tür. Mutter und ich hatten einen Tag nach unserer Ankunft verschiedene Aufgaben übernommen und uns in den Arbeitsalltag des Hofes eingelebt. Für Jakob mussten sich die Tage in die Länge ziehen. Jeweils morgens und abends trug ihn René nach unten in die Küche oder hoch in die Kammer. Er verbrachte meist den Tag in der Küche, achtete darauf, dass genügend Holz im Ofen war, und half uns Frauen, wenn es Gemüse kleinzuschneiden gab.

Jakob hatte all seine Bücher in den Flammen verloren und die beiden einzigen Bücher, die es auf dem Hof gab, waren die Bibel und ein Hausväterbuch. Mit dem Alten Testament war er schon beinahe durch, manchmal kam ich in die Küche und sah ihn über das Blatt hinweg ins Leere starren. Eda leistete ihm, sooft es ging, Gesellschaft. Sie fand ihn schrecklich mager und zauberte immer etwas Essbares für ihn aus der Tasche. Ein hart gekochtes Ei, eine Scheibe Schinken, ein Honigbonbon.

Ich blickte aus dem Wohnzimmerfenster in die nächtliche Winterlandschaft. Durch den Schnee war es nicht dunkel. Drinnen brannten wenige Kerzen und das Kaminfeuer.

Hinter uns lag das köstliche Weihnachtsessen. Ich konnte mich nicht erinnern, jemals etwas so Leckeres gegessen zu haben. Mit der Zunge fuhr ich mir noch einmal über den Gaumen. Geschenke hatte es keine gegeben. Aber das Essen und die Kekse waren Geschenk genug. Eine der zutraulichen Katzen war aus der Küche in die warme Stube gekommen und strich mir um die Beine. Ich nahm sie hoch und kraulte ihre Ohren.

Alle waren nach dem üppigen Essen in der Stube versammelt und lauschten Jakob, der die Weihnachtsgeschichte vorlas. Ich horchte mehr auf das Schnurren der Katze als auf die oft gehörte Geschichte und ließ meinen Blick über die Gesichter schweifen. Maria erschien mir um vieles älter geworden seit ihrer Hochzeit. Die gewisse Vornehmheit, die man stets in ihrer Gestalt sehen konnte, war verschwunden. Ich rätselte, ob die Sorge um Frieder oder das Leben auf dem Hof dafür verantwortlich war. Eda hatte die Augen geschlossen und lächelte. Meines Erachtens war sie die letzten Tage richtig aufgeblüht – glücklich über unsere Anwesenheit.

Adalbert sah müde aus. René biss genüsslich in einen Apfel. Wie er nach der üppigen Mahlzeit weiteressen konnte, war mir ein Rätsel.

Mutter und Irmgard saßen nebeneinander auf dem Sofa. Zwischen den beiden gab es eine Verbundenheit, ähnlich derer bei Schwestern. Seit der grauenvollen Bombennacht hatte ich kaum mit Mutter gesprochen. Sie schien verschlossen gegenüber uns Kindern, dabei hätte ich gern gewusst, wie sie sich nach all dem fühlte. Es war sinnlos, sie danach zu fragen, da meine Mutter nie über ihre Gefühle gesprochen hatte. Ich hoffte, dass dieser Zustand wieder vorbeigehen würde.

Jakob war mit seiner Erzählung am Ende. Ich sah glücklich zu meinem Bruder, meinem Schatz. Lange beobachtete ich die zarten Bewegungen seiner Finger, die durch die dünnen Seiten blätterten. Eda wünschte sich eine weitere Geschichte. Ich lehnte mich zurück und schloss die Augen. Nur meine Hände, die weiterhin die Katze streichelten, waren noch in diesem Zimmer anwesend.

Seit über sechs Wochen lebten wir nun auf dem Hof. Als ich wie jeden Abend kurz vor dem Zubettgehen in Jakobs Zimmer ging, sah ich ihn, wie er sich mit der zur Faust geballten rechten Hand immer wieder vor die Stirn schlug. Ich setzte mich zu ihm und nahm vorsichtig seine Hand in meine.

»Willst du mir sagen, was dich bedrückt?«

Er sah mich an und wirkte beinahe verärgert. »Ich versuche, nicht aufzugeben. Das muss in meinen Schädel rein.«

»Du wirst nicht aufgeben. Du bist der tapferste Mensch, den ich kenne. Und ich bewundere dich sehr dafür.«

»Es ist schwierig hier. Es gibt nichts für mich zu tun. Nichts zu lesen, nichts zu arbeiten. Ohne Hilfe kann ich mich hier nicht bewegen.«

»Hör zu, ich werde mit den anderen sprechen, dass wir dich öfters mitnehmen zur Arbeit. Es war nachlässig von uns, dass wir bisher nicht daran gedacht haben, bitte verzeih. Seit wir hier aufgenommen wurden, habe ich versucht, sehr hart zu arbeiten, sozusagen als Gegenleistung. Ich hätte dich aber schon viel eher fragen sollen, wie es dir geht.«

»Ich möchte den anderen nicht zur Last fallen.«

»Das tust du nicht, bestimmt nicht.«

»Wird es jetzt mein ganzes Leben lang so sein?«

»Nein, ich sage dir, wenn dieser verdammte Krieg zu Ende ist, dann wirst du studieren, und zwar in einer Bibliothek, die voll ist mit Abertausenden von Büchern. Und ich werde ganz viel arbeiten und genügend Geld verdienen, dass wir dich zu einem wirklich guten Arzt schicken können, der mehr für dich tut als dir einen Rollstuhl zu verordnen. Das verspreche ich dir. Wir müssen noch ein bisschen durchhalten, ich hoffe, es wird nicht mehr lange sein.«

Am nächsten Morgen schob ich Jakob durch den Schnee in den Kuhstall. Auch wenn er Irmgard, Maria und mir nicht beim Melken helfen konnte, war er doch wenigstens bei uns. Maria rief ihm zwischen den Kuhleibern zu, er solle den Tieren eine Geschichte erzählen, dann würden sie mehr Milch geben. Er begann mit dem Märchen Rapunzel, mit verstellten Stimmen, und wir spitzten alle die Ohren.

Nachdem er geendet hatte, bat er Maria, ihn nach draußen zu schieben, er wollte ein wenig in der Kälte sein. Als wir die Milch in die großen Kannen gefüllt hatten und unsere Mägen nach einem Frühstück hungerten, wurden wir Zeuge eines kleinen Wunders. Wir traten ins Freie und da sah ich ihn – Jakob lehnte an einem der Kirschbäume, der Rollstuhl stand neben ihm. Seine Arme klammerten sich an die tiefer hängenden Äste und er schaute nach oben. Kleine Schneeflocken rieselten ihm ins Gesicht. Ich sah ihn an und es schien mir eine Ewigkeit zu dauern. Schließlich senkte er den Kopf und öffnete seine Augen. Ich ging auf ihn zu.

»Kannst du mir bitte wieder in den Stuhl helfen?«

»Leg deine Arme um meinen Hals.« Es kam wie von allein, ich machte ein paar Tanzschritte und drehte mich mit ihm um die eigene Achse, bevor ich ihn sanft in den Stuhl sinken ließ.

»Ich hatte fast vergessen, wie schön das Leben ist. Bitte verzeih, Magda.«

Ich legte einen Finger auf meine Lippen und brachte ihn zurück ins Haus.

Zwei Tage später kam ich etwas verspätet ins Haus zum Abendessen und am Tisch herrschte eine merkwürdig gedrückte Stimmung.

»Was ist los?«, wollte ich wissen.

Meine Mutter sah mich direkt an. »Jakob und ich haben beschlossen, ihn in den Oberen Riedhof zu bringen. Dort wird man sich besser um ihn kümmern können und er hat die Möglichkeit zu lesen und zu lernen. Es sind Ärzte vor Ort, die mehr für seine Heilung unternehmen können als wir hier.«

»Du willst ihn zu den geistig Verwirrten geben? Das kann nicht dein Ernst sein!«

»Wieso nicht? Er hat dort eine bessere Betreuung als hier und er ist nicht so oft alleine.«

»Aber wir sind seine Familie und ich halte überhaupt nichts von der Idee, Jakob in irgendein Heim abzuschieben.«

»Er wird nicht abgeschoben. Wir haben das gemeinsam besprochen und Jakob meint, dass wir es auf einen Versuch ankommen lassen sollten.«

Ich sah meinen Bruder an und wunderte mich, wieso er bisher geschwiegen hatte.

»Ich finde die Idee nicht so schlecht. Es gibt dort bestimmt mehr Betätigungsmöglichkeiten für mich und ihr könnt mich am Wochenende besuchen kommen.«

Ich war sprachlos. Das konnte er nicht wirklich wollen. »Machst du das nur, weil du meinst, uns zur Last zu fallen?«

Er zögerte einen Moment. »Nein.«

Das glaubte ich ihm nicht. »Ich bin dagegen. Wir können nach einer besseren Lösung suchen.«

»Letztendlich ist es seine Entscheidung«, sagte meine Mutter bestimmend.

»Jakob?« Ich sah ihn flehentlich an, doch er wich meinem Blick aus. Ich verließ den Tisch und ging nach oben in seine Kammer. Auf seinem Bett wartete ich, bis er nach oben getragen wurde. Wie sehr wünschte ich mir, jetzt mit Robert reden zu können. Gemeinsam hätten wir bestimmt eine gute Lösung gefunden. Nun war ich auf die Zwiesprache mit mir selbst angewiesen. Ich konnte mir aber nicht ehrlich beantworten, ob es tatsächlich besser war für Jakob, in einer anderen Umgebung zu leben, solange Krieg war. Oder ob ich ihn aus egoistischen Gründen unbedingt in meiner Nähe haben wollte, ohne Rücksicht auf seine Bedürfnisse.

Ich war eingenickt und schreckte auf, als die Tür geöffnet wurde und René mit Jakob erschien. »Ah, Mademoiselle Magdalene wartet auf dich.«

Ich schlug die Bettdecke nach hinten und zog den einzigen Stuhl im Zimmer zum Bett. René verließ das Zimmer und wünschte uns eine gute Nacht. Ich beschloss, einfach ehrlich zu sein. »Ich will nicht, dass du gehst. Wen habe ich dann noch?

Hast du dir denn überlegt, dass wir dich genauso brauchen wie du uns? Wieso willst du zu diesen Fremden gehen?«

»Vielleicht ist es gut, wenn ich mich einmal unter Menschen befinde, denen es so geht wie mir. Und nicht ständig das Gefühl haben zu müssen, ein Außenstehender zu sein.«

»Jakob, du bist geistig total klar. Du musst davon ausgehen, dass die meisten dort nicht sein werden wie du!«

»Du musst es mich versuchen lassen.«

»Jakob …« Diesmal legte er den Zeigefinger auf seine Lippen.

Ich fühlte mich, als hätte ich eine Schlacht verloren. Schweigend verließ ich sein Zimmer.

März 1945

Lieber Robert,
heute haben wir Jakob in den Oberen Riedhof gebracht. Er ist von den Schwestern und Pflegern nett empfangen worden. Einer der Ärzte wollte mehr über Jakobs Krankheitsgeschichte erfahren und wird nun Kontakt zu dem Doktor im Krankenhaus in Ulm aufnehmen.
Einige der Patienten haben mich erschreckt. Es mag sein, dass ich voreingenommen bin. Auch wenn ich es nicht gern einsehen will, ist es für Jakob möglicherweise doch von Vorteil, für eine Weile dort zu leben.
Ich möchte, dass er sich glücklich fühlt. Ich weiß, dass ich ihn schrecklich vermissen werde. In den letzten sechs Jahren waren wir keinen Tag voneinander getrennt.
Wir sahen uns gemeinsam das Gelände des Heims an, bevor Mutter und ich uns von ihm verabschiedeten. Nächstes Wochenende werden wir ihn besuchen. Ich hoffe, er lebt sich gut ein.

Sei umarmt, Deine Lena

Am darauffolgenden Montag fiel es mir nach langer Zeit wieder schwer, morgens aufzustehen. Diese Müdigkeit schleppte sich durch die ganze Woche. Obwohl der Tag mit Arbeit angefüllt war, spürte ich Jakobs Abwesenheit. Ich sprach mit Eda darüber und es ging ihr genauso.

»Wie anders doch alles gekommen ist durch diesen Krieg. Du wärst schon lang in England, Jakob könnte studieren, Frieder wäre hier. Das Leben würde in geradlinigen Bahnen verlaufen, jetzt scheint alles so ungeordnet, wie durcheinandergeraten.«

»Durcheinandergeraten«, wiederholte ich. Eine Frage drängte sich mir plötzlich auf. »Das Brautkleid – es war im Haus und ist verbrannt. Meinst du, das bedeutet etwas Schlechtes?«

Eda sah mich lange an. »Es gibt in dieser Zeit so vieles, was man als ungutes Zeichen deuten könnte. Aber ich denke, das solltest du nicht als eines ansehen.«

Meine Mutter saß auf dem Gepäckträger und ich radelte voller Vorfreude zum Oberen Riedhof. Kaum hatte ich das Rad abgestellt, hüpfte ich in den Aufenthaltsraum, ohne auf Mutter zu warten. Ich fand Jakob, wie er mit einem der anderen Patienten Karten spielte. Nach einer festen Umarmung wollte ich wissen, welches Spiel gespielt wurde.

»Das würde ich auch gern wissen«, antwortete Jakob und da bemerkte ich erst, wie lose die Karten in der Hand des Mitspielers lagen und dass dessen Aufmerksamkeit ganz woanders lag.

Mutter kam dazu und strich Jakob über die Haare. »Wie geht es dir, mein Junge?«

Er legte die Karten beiseite und wir schoben ihn nach draußen. »Es ist anders, als ich gedacht hätte. Das Gefühl, nicht dazuzugehören, hat sich für mich nicht geändert. Magda hatte Recht. Die meisten hier sind geistig verwirrt und es ist schwierig, sich mit ihnen zu unterhalten. Ich glaube, sie leben in ihrer eigenen Welt. Aber ich habe hier Bücher, die ich lesen kann.«

»Wenn es dir nicht gefällt, können wir dich doch wieder mit nach Hause nehmen«, sagte ich enthusiastisch.

»Aber Magda, er muss sich doch erst einmal einleben, bevor er entscheiden kann, ob er wirklich wieder mit nach Hause kommen möchte«, entgegnete unsere Mutter, bevor Jakob eine Möglichkeit hatte, seine Meinung zu äußern.

»Wenn das in Ordnung ist, würde ich gerne noch eine Woche abwarten und dann entscheiden.«

Ich war nicht überzeugt. »Aber der erste Eindruck trügt meistens nicht. Was willst du in dieser Woche herausfinden, was du bisher nicht weißt?«

Jakob sah zu mir, dann zu Mutter, aber er blieb still. Ich versuchte das Schweigen zu brechen. »Na, wir werden auf jeden Fall morgen noch einmal herkommen.«

Am nächsten Tag schien die Sonne und wir nahmen Jakob mit auf einen Spaziergang. Gut gelaunt meinte ich Frühlingsduft in der Luft wahrnehmen zu können, aber die beiden anderen lachten über meinen hoffnungsfrohen Gedanken.

»Hat der Doktor bereits in deine Krankenakte geschaut? Hat er Therapievorschläge gemacht?«

»Bisher nicht.«

»Hat er so viel zu tun oder warum hat er nichts unternommen?«

»Ich weiß es nicht.«

»Wenn du magst, kann ich dich nach Hause bringen und Mutter nimmt dann das Fahrrad. Es ist ein Angebot, das du wirklich gerne annehmen darfst.«

Er lächelte. »Unser Zuhause. Ziemlich schwierig zu wissen, was das noch ist.«

»Nun, ich meinte eben den Hof.«

»Mmh.« Er nickte gedankenverloren.

Ich fand den Tag zu schön, um nachdenklich zu sein. »Wie gern ich das hier fotografieren würde. Wir drei in einem Hauch von Frühling.« Die beiden schienen nicht in Gesprächslaune zu sein, also fuhr ich fort: »Es ist merkwürdig, nach all den Jahren keinen Fotoapparat mehr zu haben. Er fehlt mir so, könnt ihr euch das vorstellen?«

»Ja, so wie mir meine Bücher fehlen.«

Ich nickte. Natürlich. Er wusste genau, wie ich mich fühlte.

Jakob tat einen tiefen Atemzug und begann zu sprechen: »Ich muss euch etwas fragen. Was denkt ihr, jetzt, wo sie unsere Städte mit ihren Bomben zerstören und so viele Zivilisten ihr Leben verloren haben, wie lange wird der Krieg noch dauern?«

»Ich glaube, es kann nicht mehr lange so weitergehen. Dieser Frühlingsduft riecht für mich nach Frieden.«

»Und was denkst du, Mutter?«

»Der Krieg ist für uns verloren, es geht jetzt also nur noch darum, wie lange es dauert, bis wir uns ergeben oder endgültig besiegt werden. Solange diese Regierung noch die Macht hat, glaube ich an keinen vernünftigen Ausgang. Ich erhoffe mir, dass euer Vater bald zurückkommt. Also wünsche ich unseren Feinden viel Kraft, uns zu besiegen. Und ich hoffe, dass sie mehr Güte zeigen werden, als die Deutschen es getan haben.«

»Also nicht mehr lang …« Jakob war nachdenklich.

Durchgefroren kamen wir zurück und wärmten uns mit Tee. Die Schwestern und Pfleger machten einen netten Eindruck. Jedenfalls wurden die Bewohner gut mit Nahrungsmitteln versorgt. Zu dritt spielten wir Karten, bis es zu dämmern begann und Mutter eilig gehen wollte, um nicht im Dunkeln nach Hause fahren zu müssen.

Ich küsste Jakob auf die Wange und drückte ihn kräftig. »Am Mittwoch komme ich wieder, ja?«

Mutter streichelte seine Wange. »Mach's gut, mein Junge.«

An der Tür winkten wir ihm noch einmal zu. Mutter schüttelte das Kissen auf und setzte sich auf den Gepäckträger. Ich holte Schwung und platzierte mich auf den Sattel. Auf den ersten paar Metern war es immer schwierig, das Gleichgewicht zu halten. Sobald man in Fahrt kam, gab es keine Probleme mehr.

Auf der Heimfahrt summte ich Sommerlieder und träumte vom Leben im Frieden.

Am Mittwochmorgen wachte ich gut gelaunt auf. Ich freute mich darauf, am Nachmittag Jakob zu besuchen. Maria hatte mir eine Tasse mit warmer Milch hingestellt, als ich nach unten in die Küche kam. »Danke, Maria.«

»Guten Morgen. Irmgard hat heute die ganze Nacht gehustet. Ich hab gesagt, dass sie im Bett liegen bleiben soll. René wird uns beim Melken helfen, das wird schon reichen.«

»Natürlich. Hat sie auch Fieber?«

»Zum Glück nicht.«

Auf dem Weg in den Stall legte ich mir mein Kopftuch um, aber irgendetwas war anders als sonst. »Riechst du das?« Maria sah mich an. In der Luft lag ein ganz merkwürdiger Geruch.

Im Stall roch es wie gewöhnlich und wir vergaßen beim Melken das ungewöhnliche Erlebnis. Bis Adalbert im Stall auftauchte und vom Besuch des benachbarten Bauern erzählte. »Die haben den nahe gelegenen Flugplatz der Jagdbomber beschossen. Ein Sprengkörper fiel direkt in eine Schafherde, die in der Nähe graste. Alle Tiere sind tot, so eine Schweinerei!«

»Jetzt beschießen sie schon die Dörfer!« Maria war entsetzt. Auch mir wurde bei dem Gedanken mulmig, ich dachte an den Oberen Riedhof, ob es dort wohl einen Schutzkeller gab, beziehungsweise genügend Helfer, um alle Patienten rechtzeitig in Sicherheit zu bringen. Ich war froh, Jakob am Nachmittag sprechen zu können.

Als wir um die Mittagszeit über unseren Suppentellern saßen, klopfte es an der Tür. Es war eine der Diakonissenschwestern. Sie wirkte aufgeregt. »Bitte, Frau Jörger, kommen Sie schnell. Ihrem Sohn geht es nicht gut.«

Mutter und ich sprangen mit einem Satz auf, legten unsere Mäntel an und folgten der Schwester ins Freie. Sie hatte ihr Rad an die Hauswand gelehnt. »Was ist denn mit Jakob passiert?«, fragte Mutter aufgeregt.

»Heute Morgen ging es ihm plötzlich nicht gut, er hat über Schmerzen geklagt.«

Mir ging alles viel zu langsam. Mit Mutter auf dem Gepäckträger konnte ich nicht schnell fahren. Die Strecke zog sich endlos. Als wir endlich ankamen, hatte ich weiche Knie und ich stolperte der Schwester hinterher.

Sie wies uns an, im Eingangsbereich zu warten, und eilte durch den Flur zum Zimmer des Arztes. Mutter stand neben mir und sie wirkte plötzlich so klein. Ich sah mich um, konnte mir aber nicht vorstellen, wo sich Jakob aufhalten mochte. Die Schwester kam in Begleitung des Arztes zurück. Ihr Gang wirkte steif.

Der Arzt sah meine Mutter direkt an und beachtete mich kaum. »Frau Jörger, ich habe eine traurige Mitteilung für Sie. Heute Morgen hatte Ihr Sohn einen Herz-Kreislauf-Kollaps. Wir haben versucht, ihn zu stabilisieren, doch sein Herz ist stehengeblieben. Jegliche Maßnahmen von unserer Seite blieben erfolglos. Es tut uns leid.«

Ein Schluchzen drang an mein Ohr, das eher nach einem Tier als einem Menschen klang. Es dauerte eine Sekunde, bis ich begriff, dass es von mir kam. Ich wollte mich beherrschen, meine Mutter trösten, aber es ging nicht. Stattdessen legte sich ihre Hand um meine Schulter, was alles nur noch schlimmer machte. Ein Beben ging durch meinen Körper und auf ihren über. Gemeinsam weinten wir in der kalten Halle des Heimes und es schien, als wären wir die einzigen Überlebenden auf diesem Planeten.

Die Schwester führte uns zu dem Zimmer, in dem er lag. Kurz vor der Tür blieb ich stehen, ich wollte nicht in diesen Raum gehen, der es zur Wirklichkeit machen würde, dass mein Bruder nicht mehr lebte. Mutter war hineingegangen und hatte mein Zögern wohl nicht bemerkt. Die Schwester sah mich an.

»Sie müssen sich von ihm verabschieden.«

Mein Magen krampfte sich zusammen. Ich hatte schreckliche Angst. Sie schob mich in den Raum. Meine Mutter stand vor dem Bett und streichelte Jakobs Kopf. Ich trat näher, blieb jedoch einen Meter hinter meiner Mutter stehen, so, dass ich ihn ganz sehen konnte. Ich beobachtete seinen Brustkorb, in der Hoffnung, eine Bewegung zu erkennen. Es rührte sich nichts. Drei starre Personen in einem kalten Raum.

Als hätte meine Mutter meine Gedanken gelesen, drehte sie sich um und sah mich an. Sie ging auf die andere Seite und setzte sich auf die Bettkante. Das war ihre Art mir zu zeigen, dass ich näher kommen sollte. Langsam setzte ich einen Fuß vor den anderen, bis meine Oberschenkel an die Matratze stießen. Wie schon unzählige Male zuvor suchte meine Hand die seine. Doch sie war kalt und ich erschrak bis ans Herz. Das war nicht Jakob, der da lag. Er hatte uns und diese Welt verlassen.

Ich rannte aus dem Zimmer. Es war so unbegreiflich, einfach unfassbar. Ich lief nach draußen und setzte mich neben dem Fahrrad auf den Boden. Und wartete auf meine Mutter. Ich entdeckte einen Krokus, der sich seinen Weg durch die kalte Erde gebahnt hatte. All die Jahre waren wir vom Tod umgeben gewesen. Aber nun, da er uns traf, war ich vollkommen unvorbereitet.

Irgendwann trat Mutter aus der Eingangstür und schalt mich, weil ich auf dem kalten Boden saß. Ich stand auf und verfolgte die Bewegung ihrer Lippen. Mein Unterbewusstsein nahm so viel auf, dass mir klar wurde, was als Nächstes getan werden musste. Ich stieg aufs Rad und fuhr mit meiner Mutter nach Ulm, damit wir uns um die Beerdigung kümmern konnten. Seit der Zerstörung im Dezember waren wir nicht mehr in Ulm gewesen. Anfang des Monats hatte es nochmals einen verheerenden Luftangriff gegeben. Es war furchtbar, in eine Stadt zu kommen, die ausschließlich aus Trümmern und Hausruinen zu bestehen schien. Nur die Hauptstraßen waren geräumt. Ich setzte meine Mutter am Münster ab, ich wollte nicht bei dem Gespräch mit dem Pfarrer dabei sein. Stattdessen bog ich in die Platzgasse ein, vielleicht aus Gewohnheit, irgendetwas zog mich in unsere alte Umgebung. An einer Hausruine sah ich ein Schild lehnen, das noch von Weihnachten stammte.

»Ehre sei Gott in der Höhe – aber dem Führer Gehorsam auf Erden! Wenn wir beide verehren und uns der Feinde kräftig erwehren, ist der Sieg uns jetzt schon sicher – Weihnachten 1944.«

Ich wurde mit einem Mal so wütend, dass ich nicht anders konnte als auf dieses Schild zu spucken. Meine Abscheu vor den Nationalsozialisten war riesig. Wie viel Unglück sie über unendlich viele Menschen gebracht hatten. Und noch immer nicht wollten sie damit aufhören! Ich sah, wie mein Speichel über die schwarzen Buchstaben lief. Dann ging ich mit schnellen Schritten zurück zu Mutter, ich bekam Angst, dass mich jemand beobachtet hatte.

Die Beerdigung sollte zwei Tage später stattfinden. Jakob würde auf dem Grimmelfinger Friedhof, der nahe am Oberen Riedhof lag, beigesetzt werden. Es dämmerte, als wir zurückfuhren. Ich fürchtete mich vor der Rückkehr auf den Hof. Was würden wir den anderen sagen?

Als wir zurückkamen, stellte ich das Fahrrad in den Geräteschuppen und ließ Mutter vorausgehen. Auf Zehenspitzen schlich ich mich durch den hinteren Eingang und hoffte, von niemandem gehört zu werden. Aus dem Wohnzimmer hörte ich leise Stimmen und Weinen. Ich huschte nach oben in die Kammer und schloss die Tür. Im Moment wollte ich nur alleine sein.

Um fünf Uhr früh ging ich nach unten, um den anderen im Stall zu helfen. Ich hatte in der Nacht nicht geschlafen. Eda und Mutter saßen in der Küche – ich nickte kurz und ging weiter nach draußen. Es war mir unmöglich, mit jemandem zu reden. Wie gestern und all die Tage zuvor molken wir die Kühe, als wäre nichts geschehen. Für mich war alles nur noch sinnlos.

Erst als die Milch in die Kannen geschüttet wurde, merkte ich, dass Maria fehlte. Ich fragte Irmgard nach ihrem Verbleib.

»Sie hat sich gestern auf den Weg nach Tübingen gemacht. Kurz nachdem ihr weggefahren seid, kam ein Brief, in dem stand, dass Frieder verletzt wurde und im Reservelazarett in Tübingen liegt.«

Alles kam zusammen. »Ist er schwer verletzt?«

»Sein Bein wurde von mehreren Granatsplittern getroffen. Er wird überleben, ob er sein Bein behalten kann, ist fraglich.«

»Armer Frieder.« Ich hatte Frieder vor Augen, wie er verletzt im Lazarett lag, und hoffte, dass Maria inzwischen bei ihm war.

Wir kamen in die Küche, in der Eda und Mutter begonnen hatten, die Bewirtung für die morgige Trauerfeier zu planen. Es kam mir geschmacklos vor, nach all den Ereignissen der letzten vierundzwanzig Stunden an Essen zu denken. Trotzdem beteiligte ich mich an den Vorbereitungen, knetete Teig für Brot, bis mir die Hitze ins Gesicht stieg. Hobelte Kraut, schälte Kartoffeln. Umgeben von den vielen Nahrungsmitteln war es mir doch nicht möglich, selbst einen Bissen zu nehmen. Am Abend trank ich ein Glas Milch und die Erschöpfung schenkte mir ein paar sorglose Stunden Schlaf.

Um die Mittagszeit des nächsten Tages spannte René die Pferde vor die Kutsche. Ich trug ein schwarzes Kleid von Maria und Mutter hatte einen Rock von Irmgard geliehen. Ich fand es beschämend, dass wir nicht einmal mehr die passende Kleidung besaßen, um uns von Jakob zu verabschieden. Da wir nicht alle in die Kutsche passten, bot ich an, das Fahrrad zu nehmen. Mutter wollte mit mir fahren.

Ich band mir ein Kopftuch um und fuhr mit meiner Mutter auf dem Sitz hinter mir los. Ein Bild von zwei alten Frauen entstand vor meinem inneren Auge. Mein Kopf fühlte sich auf den ersten Kilometern leicht und leer an. Zunächst leise, aber störend drang ein knatterndes Geräusch in mein Bewusstsein. Beinahe gleichzeitig krallten sich Mutters Finger in meine Seiten. Sie schrie hysterisch: »Magda, ein Tiefflieger!« Innerhalb von Sekunden bremste ich ab, wir sprangen vom Rad und warfen uns in das Gebüsch am Wegesrand. Wir kauerten nebeneinander im Schmutz, drückten uns immer tiefer auf die Erde und hofften inständig, dass er vorbeifliegen würde, ohne auf uns zu schießen. Das Motorengeräusch entfernte sich, dennoch traute ich mich nicht, meinen Kopf zu heben. Es herrschte eine ganze Weile Stille. Ich sah meine Mutter an. Sie hatte geweint. Ob wegen Jakob oder wegen des Angriffs konnte ich nicht sagen. Ich streichelte ihre Schulter und half ihr, sich aufzurichten. Unsere Kleider waren voller Schmutz. Ich säuberte sie notdürftig. Nun würden wir nicht nur in geborgten, sondern auch in dreckigen Kleidern zur Beerdigung kommen.

Wir setzten unsere Fahrt fort. Aus Angst, dass der Flieger zurückkommen könnte, fuhr ich so schnell, wie ich nur konnte. Wir wurden bereits erwartet und Mutter erklärte unsere Verspätung. Wir gingen in die kleine Kapelle und setzten uns in die erste Reihe. Ich schaute mich um. Die anderen Reihen waren fast alle leer. Außer uns waren noch zwei Nachbarn aus Ersingen da. Vater fehlte. Er wusste nicht einmal, dass sein Sohn gestorben war. Wenn er selbst überhaupt noch lebte.

Die anderen sangen, aber ich konnte mich nicht konzentrieren und Details fingen meine Aufmerksamkeit. Das weiße Beffchen des Pfarrers, das Flackern der Kerze auf dem Altar, ein kleines Staubknäuel in einer der Ecken, meine mit Erde beschmutzten Schuhe.

Nach dem Gottesdienst traten wir ins Freie und das Licht war unbarmherzig. Dort stand ein schwarzer Handkarren, darauf der Sarg. Jakobs Sarg. Aber er war nicht darin. Das war nicht möglich. Nicht für mich. Ein Angestellter des Riedhofes zog den Karren. Wir schlossen auf. Eine Haarsträhne des Pfarrers stand ab. Ich fror.

Der Weg zum Grimmelfinger Friedhof war nicht weit. Wir versammelten uns um das ausgehobene Loch in der Erde, der Pfarrer stand am Kopfende. Ich konnte seine Worte fast nicht verstehen. Er sprach davon, wie er in der letzten Zeit zehn bis zwölf Beerdigungen pro Woche auf dem Riedhof halten müsse. Aus seinem Ton sprach eine Trostlosigkeit, aber seine Gesichtszüge waren hart.

Der Sarg wurde hinabgelassen und mir wurde klar, dass ich Jakob nie wiedersehen würde. Seite an Seite traten Mutter und ich an das Grab und warfen Erde hinab. Die Erde war kalt in meinen Händen. Ich blickte nach unten. Eine Holzkiste in kalter Erde.

Auf dem Hof gesellten sich weitere Nachbarn zu uns, die nicht zur Beerdigung hatten kommen können. Man saß um den großen Tisch und ich deckte mit Irmgard die vorbereiteten Speisen auf. Als ich mich schließlich zu den anderen setzte, merkte ich, wie erschöpft ich war. Die Worte des Pfarrers klangen in mir nach. »In der letzten Zeit werde ich zehn bis zwölf Mal in der Woche zu Beerdigungen auf den Riedhof gerufen.«

Ich wusste, dass diese Aussage wichtig war, konnte sie aber nicht direkt zuordnen. Viele Patienten starben in dem Heim, ohne dass sie akut krank gewesen waren. Klar, Jakob war in den letzten Jahren schwer krank gewesen, aber er hatte immer gekämpft und auf Besserung gehofft. Er konnte nicht einfach gestorben sein. Konnte es sein, dass jemand seinen Tod herbeigeführt hatte? Und den Tod der anderen Bewohner, die der Pfarrer beerdigt hatte? Mir kam die Aussage des Mannes im Kino wieder in Erinnerung, der gemeint hatte, dass Menschen wie Jakob den Staat nur Geld kosten würden. War es noch viel schrecklicher, als ich gedacht hatte? War Jakob ermordet worden? Ich saß am Tisch und mir wurde entsetzlich heiß. Irmgard bat mich, nochmals Wasser aufzusetzen, aber ich konnte mich nicht rühren. Ich dachte nur daran, dass ich Mutter gegenüber meine Vermutung auf keinen Fall äußern durfte.

Eda kam auf mich zu und legte die Hand auf meine Stirn. »Sie glüht«, sagte sie in den Raum. »Du gehst jetzt ins Bett. Das war alles zu viel für dich. Du musst dich ausruhen.«

Ohne Widerrede gehorchte ich ihr und ging nach oben. Kaum war ich ins Bett gekrochen, fiel ich in einen unruhigen Schlaf. Ich sah Jakob im Schnee, an den Baum gelehnt. Er lachte. Dann kam er auf mich zu und umarmte mich.

»Jakob, du kannst ja wieder gehen!«

Ich freute mich so sehr, dass ich durch den Schnee wirbelte. Einen Moment später war Jakob verschwunden. Ein schwarzer Sarg stand vor meinen Füßen. Ich drehte mich um, wollte davonlaufen. Doch egal, in welche Richtung ich mich drehte, der Sarg war da. »Ich will meinen Bruder wiederhaben!« Es war ein Schrei.

Ich setzte mich mitten in den Schnee und rührte mich nicht. Die Schneeflocken landeten auf meinen Schultern, meinem Kopf, meinen Beinen. Ich spürte, wie der Schnee immer schwerer wurde. Als ich an mir heruntersah, war alles weiß. Der Schnee erdrückte mich. Ich bekam Panik, doch egal was ich machte, der Schnee ließ sich nicht abschütteln.

Jakob stand jetzt an der Tür zum Stall. Er sah traurig aus. Ich wollte zu ihm, aber ich konnte mich nicht aufrichten.

Etwas zerrte an meinem linken Arm. »Magda, wach auf!« Eda schüttelte mich. »Du musst jetzt aufwachen!« Es klang wie ein Befehl. Ich fühlte mich nicht gut, wollte wieder zurück zu Jakob. Sie ließ mich nicht und richtete mich auf. »Du hast Fieber, Magda. Du musst trinken.« Sie hielt mir eine Tasse mit einer warmen Flüssigkeit an die Lippen.

Ich versuchte zu schlucken.

Meine Mutter stand am Fußende des Bettes und schlug meine Bettdecke zurück. Sie legte feuchte Tücher um meine Waden. Ich ließ mein Kinn auf meinen Brustkorb sinken, da ich nicht weitertrinken konnte. Eda gab keine Ruhe. Sie legte sanft ihre Hand unter mein Kinn und versuchte, mich wie einen Säugling zum Trinken zu bewegen. Ich wollte ihr ja den Gefallen tun, aber es ging nicht.

»Also gut, mein Mädchen. Ich werde in zwei Stunden noch einmal kommen und dann wirst du mehr trinken, versprochen?«

Die Aussicht vor Augen, in Ruhe gelassen zu werden, ließ mich nicken. Mutter setzte sich auf die Bettkante und tupfte mir die Stirn mit einem wunderbar kühlen Tuch ab. Ich fiel wieder in einen unruhigen Schlaf. Und verlor jegliches Zeitgefühl. Stunden, Tage. Unterbrochen durch die Sorge dreier wunderbarer Frauen.

Mutter schlief in meinem Zimmer und schien alles zu tun, um mein Fieber zu senken. Eda und Irmgard saßen an meinem Bett mit Brühe, Kräutertee und sprachen mir zu, etwas zu mir zu nehmen. In meinen Träumen tauchte Jakob immer auf, mal als kleiner Junge, dann wieder als junger Erwachsener. Mal war er glücklich, das war eine große Erleichterung für mich. Die Träume, in denen er traurig wirkte, quälten mich.

Einmal meinte ich, wach zu sein, als es draußen dunkel war. Meine Mutter hatte sich auf ihr Bett gelegt und schlief. Ich legte mich auf die Seite, zog meine Beine ganz dicht an meinen Oberkörper und versuchte noch einmal zu träumen.

Ich erwachte davon, dass ich Durst verspürte. Meine Augenlider fühlten sich schwer an und ich blinzelte einige Male, um mich zurechtzufinden. Auf meinem Bettrand nahm ich die Schemen einer Gestalt wahr, Frieder. Ich wusste nicht, ob ich immer noch im Fieber halluzinierte. Die Gestalt streckte ihren Arm aus und legte ihre Hand auf meine. Ich blickte zu der Person und sah ihr linkes Bein, das komplett in einem Verband steckte. Eine Krücke lehnte neben ihr.

»Frieder, bist du wirklich hier?«

Er nickte.

»Jakob ist tot.«

Wieder nickte er, diesmal jedoch mit Blick auf den Boden.

Es sprudelte aus mir hervor: »Ich glaube, sie haben ihn umgebracht. Alles war umsonst. Seit dieser verdammte Krieg angefangen hat, strampel ich mich die ganze Zeit ab. Aber ich bin nicht der Frosch. Du weißt doch, die Geschichte von den beiden Fröschen, die in einen Milchtopf fielen, dessen Wände so glatt waren, dass sie nicht mehr hinausklettern konnten. Einer hat nicht aufgegeben, sondern immer weitergezappelt, um nicht unterzugehen. Irgendwann wurde die Milch durch seine ständigen Bewegungen zu Butter und er konnte hinausspringen. Aber ich warte nach all den Jahren immer noch auf die Butter, die mich rettet. Ich habe bald keine Kraft mehr, zu strampeln.«

»Magda.«

»Ja?« Ich richtete mich auf.

»Ich will dir nur eine Frage stellen. Was möchtest du tief in deinem Herzen?«

Ich begann leise zu sprechen. »Leben. Ich will überleben.« Es war mir die ganze Zeit über klar gewesen. »Ich will leben, trotz allem.«

Frieder nickte wie zur Bestätigung. »Ich werde für uns unten in der Küche Frühstück machen. Wir brauchen beide etwas in den Magen. Kommst du?«

»Ich komme gleich.«

Ich sah ihm zu, wie er sich mühsam vom Bett erhob und mit der Krücke zur Tür humpelte. Dann schlug ich die Bettdecke zur Seite und stand langsam auf. Noch fühlte ich mich etwas zittrig auf den Beinen. Ich ging zum Waschtisch und sah in den Spiegel. Mein Gesicht sah furchtbar blass aus und die Haare waren zerzaust. Ich roch unangenehm. Zum Glück hatte jemand frisches Wasser in den Krug gefüllt. Ich beugte mich über die Waschschüssel und goss mir das Wasser über den Kopf, griff ein kostbares Stück Seife, um meine Haare und meinen restlichen Körper damit gründlich zu waschen. Wasserflecken hatten sich auf dem Holzboden gebildet, als ich schließlich fertig war. Ich zog mir saubere Kleider an und ging nach unten. Außer Frieder war niemand in der Küche. Er hatte uns Rühreier gemacht.

Wir saßen nebeneinander am Küchentisch und ich berührte sein Bein. »Tut es sehr weh?«

»Am Morgen ist es am besten, abends schmerzt es so sehr, dass ich kaum einschlafen kann. Aber ich bin froh, dass der Arzt es nicht abgesägt hat. Es wird wieder heilen. So lange muss ich mit den Schmerzen leben.«

Ich strich ihm über seine Wange. »Die Eier schmecken sehr gut.« Mit unglaublich großem Appetit aß ich meine Portion.

»Jetzt, da du gestärkt bist, möchte ich dir etwas geben. Du musst mir versprechen, nicht zu vergessen, was du mir vorher in deiner Kammer gesagt hast.«

Ich nickte verunsichert. »Ist gut.«

Er zog einen Brief aus seiner Hemdtasche und reichte ihn mir. Jakobs Handschrift war darauf. Ich schüttelte fragend den Kopf. »Wie ...?«

»Er muss ihn abgeschickt haben, nachdem ihr bei ihm zu Besuch gewesen wart.«

Ich öffnete den Brief mit zitternden Händen.

Liebe Magda,
nach einem wunderbaren Frühlingsspaziergang, wie Du ihn genannt hast, seid ihr auf dem Nachhauseweg und ich hoffe, dass eure Fahrt nicht allzu unbequem ist und ihr noch genügend Tageslicht habt, um nach Hause zu finden.
Mir hat unser Gespräch heute sehr gut getan. Ich habe mich nun entschieden, bis zum Ende des Krieges, das, wie wir alle hoffen, bald da sein wird, im Oberen Riedhof zu bleiben. Wir müssen abwarten, wie der Frieden aussehen wird. Wann Vater zurückkommen wird. Wo wir leben können.
Und dann, wenn die wichtigen Fragen geklärt sind, werde ich mit Deiner Hilfe in der Bibliothek mit den tausend Büchern studieren und die Praxis eines Spezialarztes besuchen, der mir helfen, mich vielleicht sogar heilen kann. Ich träume von dieser Zeit so lebhaft, dass ich die Wartezeit hier im Heim gut überstehen werde.
Du bist die beste Schwester, die jemand überhaupt nur haben kann, und ich danke Dir für alles, was Du für mich getan hast. Für Deine bedingungslose Unterstützung, die ich genießen darf, so lange ich schon auf der Welt bin. Du bist ein Teil von mir.
Dein Bruder Jakob

Mit offenem Mund trat ich durch die hintere Tür auf den Hof. Ich spürte die salzigen Tränen auf meiner Zunge. Maria kam aus dem Stall, sah mich und rannte auf mich zu. Den Brief in meiner rechten Hand hielt ich ihr entgegen. Aber sie nahm mich nur in ihre Arme und drückte mich fest. Ich fühlte mich aufgefangen.

Kapitel 23

Der Flieder blühte und der Krieg war vorbei. Mit einem duftenden Strauß stand ich an Jakobs Grab.

»Ich weiß, wie sehr du dich auf diesem Moment gefreut hast. Mutter wartet jetzt jeden Tag darauf, dass Vater zurückkommt oder wir ein Zeichen von ihm erhalten. Wir vermissen dich sehr. Ich hoffe, es geht dir gut, wo immer du jetzt auch sein magst.« Ich roch an den wunderschönen Blüten und legte sie auf das Grab. »Bis bald.«

Ich nahm das Fahrrad auf und fuhr damit in die Stadt. Die Brücken über die Donau waren noch kurz vor Kriegsende gesprengt worden, aber die Amerikaner hatten bereits eine behelfsmäßige Brücke gebaut, auf der ihr Nachschub anrollen konnte. Auf der Höhe der Hirschstraße stieg ich ab und schob das Rad durch den freigeräumten Weg. Im Winter war mir alles kalt und grau erschienen – jetzt in der Frühlingssonne hatten die Ruinen und Trümmer noch etwas Unbarmherzigeres. Die Verletzungen dieser Stadt ließen sich im Sonnenlicht nicht mehr verstecken. Auf dem Münsterplatz sah ich zwei amerikanische Soldaten, die gegen einen Jeep lehnten und rauchten. Offensichtlich warteten sie auf jemanden. Ich suchte nach einem Platz für mein Fahrrad und entdeckte dabei eine Katze, die mitten in den Trümmern mit etwas Grünem spielte. Ich beobachtete das Tier, das unschuldig in dem Chaos wirkte. Die Szene hatte etwas Rührendes an sich.

Ich nahm meinen ganzen Mut zusammen und sprach einen der Soldaten auf Englisch an: »Sehen Sie diese Katze? Man kann in all den Trümmern doch noch etwas Schönes entdecken.«

Er folgte meinem Blick und lächelte, als er die Katze sah.

»Da haben Sie Recht.« Sein Englisch klang anders als das von Robert.

Ich wollte auf keinen Fall, dass das Gespräch verebbte, bevor es richtig begonnen hatte, also wagte ich den Angriff nach vorn. »Könnten Sie mich bitte zu Ihrem Vorgesetzten bringen?«

Sein Gesichtsausdruck veränderte sich nicht, als er fragte: »Worum geht es?«

»Wie Sie hören können, spreche ich Englisch. Ich möchte fragen, ob Sie eventuell meine Dienste benötigen – ich könnte zum Beispiel übersetzen, außerdem kenne ich mich hier gut aus.« Das eine Wort stolperte über das nächste und ich konnte nicht sagen, ob er mich verstanden hatte.

Aber ich hatte Glück. Er gab mir zu verstehen, beim Jeep zu warten, bis ihr Vorgesetzter wieder hier wäre. Ich bedankte mich und stellte mich neben den Wagen. Das Münster wirkte jetzt, da die umliegenden Häuser zerstört waren, noch riesiger.

Nach etwa zehn Minuten eilte ein weiterer Uniformierter zum Auto. Der Fahrer des Wagens, mit dem ich gesprochen hatte, wechselte einige Worte mit seinem Befehlshaber und deutete dann auf mich. Ich nickte und trat näher.

»Captain Miller. Sie wollten mich sprechen?«

»Mein Name ist Magdalena Jörger. Ich spreche Englisch und ich möchte für Sie arbeiten.«

»Sind Sie Sekretärin?«

»Ich bin Fotografin. Leider im Moment ohne Fotoapparat, trotzdem ...«

Er schien zu überlegen. »Kommen Sie morgen um acht Uhr in mein Büro. Und bringen Sie Ihre Papiere mit. Wissen Sie, wo Sie sich melden müssen?«

Ich schüttelte den Kopf und er erklärte mir den Weg. Er war schon in das Auto gestiegen, als ich ihm meinen Dank hinterherrief. Ich sah dem Jeep nach, der sich langsam seinen Weg bahnte. Was er wohl von mir gedacht hatte? Hatte er in mir eine kleine Nationalsozialistin gesehen? Ich konnte mein Erstaunen kaum verhehlen, dass ich nicht gleich abgewiesen worden war. Ich schaute zu der Stelle, an der die Katze gespielt hatte. Sie war verschwunden.

Am nächsten Morgen stellte sich heraus, dass meine Dienste tatsächlich gebraucht wurden. Ich sollte die Passfotos all derjenigen Bewohner anfertigen, die neue Ausweise benötigten. Captain Miller zeigte mir die Fotoausrüstung und fragte mich, ob ich damit umgehen könne. Ich nickte eifrig, obwohl ich vom kurzen Hinsehen nicht sicher sein konnte. Er war viel moderner als mein bisheriger Apparat.

Der Offizier nahm meine Papiere entgegen, gab mir stattdessen ein Blatt zum Ausfüllen und bat mich, im Flur zu warten. Ich schaute auf die maschinengeschriebene Seite. Name, aktuelle Adresse, Alter, Nationalität. Ich saß im Flur, hatte längst die wenigen Zeilen ausgefüllt und sah Türen auf- und zugehen, Menschen auf der Treppe erscheinen und in Zimmern verschwinden. Meine Anwesenheit schien niemand zur Kenntnis zu nehmen. Ich stand auf und ging den Flur auf und ab. Zu klopfen traute ich mich nicht. Am liebsten wäre ich gegangen, aber dann ermahnte ich mich, dass das hier im Moment wahrscheinlich meine einzige Chance war, mit Robert Kontakt aufzunehmen.

Drei Stunden später wurde ich hineingerufen. Der Captain entschuldigte sich nicht einmal wegen der langen Wartezeit, er schien so beschäftigt, dass er sie wohl gar nicht wahrgenommen hatte.

Er hatte mir einen Ausweis ausgestellt, der besagte, dass ich für die amerikanische Militärregierung arbeitete.

Die Ulmer Bevölkerung sollte verständigt werden, dass jeder Bewohner und jede Bewohnerin, die keinen Pass mehr besaßen, sich neue Pässe ausstellen lassen mussten. Ab dem kommenden Montag würde ich die Bilder dazu liefern. Am liebsten hätte ich vor Miller geknickst. Aber ich gab ihm nur die Hand und bedankte mich. Ich würde wieder als Fotografin arbeiten! Mein Herz schlug bei dem Gedanken, einen Fotoapparat in der Hand halten zu können, schneller. Auf dem Weg zur Tür hielt er mich auf.

»Miss Jörger, wieso sprechen Sie eigentlich Englisch?«

Meine Hand stützte sich auf die kühle Klinke. »Ich bin mit einem Engländer verlobt. Jedenfalls war ich das – vor dem Krieg.« Er schwieg einen Moment. »Ich sehe Sie dann am Montag.«

Zuhause auf dem Hof wartete man gespannt auf meine Rückkehr. René hatte bei Kriegsende seine Sachen gepackt, sich verabschiedet und herzlich bedankt. Er hatte seine Heimatadresse dagelassen und uns eingeladen, falls wir je nach Belgien kommen sollten.

Frieder ging es glücklicherweise besser, er brauchte zwar noch eine Krücke, aber die Schmerzen hatten nachgelassen. Maria pflegte ihn außerordentlich gut, gab ihm extra große Portionen zu essen und achtete darauf, dass er nur leichte Aufgaben übernahm.

Mutter war sehr still geworden. Seit Jakobs Tod hatte ich sie nicht mehr lächeln sehen. Ich sah ihr an, wie sehr sie auf die Rückkehr von Vater wartete. Ich trat in die Küche und half Maria beim Zubereiten des Abendessens. Dabei berichtete ich von meinen Erlebnissen mit den Amerikanern.

Die Menschen in der Schlange zogen lange Gesichter. Ich konnte es ihnen nicht verdenken. Die Amerikaner wandten keine sanfte Methode denjenigen gegenüber an, die sich nicht ausweisen konnten. In Söflingen waren die Menschen nach der Messe vor der Kirche verhaftet worden, die keinen Pass vorzeigen konnten. Einen Tag hatten sie in der Haft verbracht und waren nun dazu verpflichtet worden, sich neue Ausweispapiere ausstellen zu lassen. Es war meine Aufgabe, die Passfotos dafür herzustellen.

Ich war eine Stunde eher als ausgemacht gekommen, um mich ein wenig mit der Fotoausrüstung vertraut zu machen. Die Amerikaner schienen keinerlei Bedenken zu haben, dass ich damit Schwierigkeiten haben könnte, und ich wollte mich keinesfalls blamieren. Meine Befürchtungen waren glücklicherweise unbegründet gewesen, der Fotoapparat stellte sich als äußerst benutzerfreundlich heraus. Ich bewunderte diese neue Technik.

Zwei GIs brachten meinen ersten Kunden herein. Es gab einen Stuhl, der vor einer Wand stand, über die eine graue Decke gehängt worden war. Der Kontrast sollte nicht zu stark sein. Zur Fotoausrüstung gehörte ein Scheinwerfer, den ich jetzt anstellte. Ich bat den Mann, sich zu setzen und seitlich an der Kamera vorbeizublicken. Danach richtete ich Blende, Belichtungszeit und Schärfe ein und drückte den Auslöser. Die Amerikaner hatten eine Liste von Namen, die ich abarbeiten musste. Unzählige Gesichter kamen mir vor die Linse. Um zwölf Uhr mittags gab mir einer der GIs, der sich als Steve vorgestellt hatte, zu verstehen, dass ich eine Pause machen sollte. Ich trat hinaus in die warme Sommerluft und packte das Brot aus, das ich am Morgen aus der Speisekammer geholt hatte. Ich konnte froh sein, dass es bei uns eine Speisekammer gab, die mit Lebensmitteln gefüllt war. Die Lebensmittelzuteilungen für die Stadtbewohner waren äußerst unzureichend. Ich wusste, dass viele gezwungen waren, ihre geretteten Habseligkeiten gegen Essbares auf einem der Bauernhöfe in den umliegenden Dörfern zu tauschen.

Ich trank aus meiner Wasserflasche und beeilte mich, wieder nach drinnen zu gehen. Für die Menschen in der Warteschlange gab es keine Pause und ich fand es nicht besonders rücksichtsvoll, sie länger als nötig dort stehen zu lassen.

Ich warf einen Blick auf die Liste. Nicht einmal die Hälfte der Namen war abgehakt. Allerdings wusste ich nicht, ob es sich bei der Liste um ein Tages- oder Wochenpensum handelte. Bis abends um sechs Uhr holte ich noch unzählige weitere Menschen vor meine Linse.

Zwei Wochen waren vergangen, und obwohl ich keine genauen Angaben über die Dauer des Arbeitsverhältnisses bekommen hatte, begann ich mich allmählich zu ängstigen, dass mir nicht mehr viel Zeit blieb, dem Captain mein Anliegen vorzutragen. Ich lag wach im Bett und überlegte, wie ich am besten vorgehen konnte. Für ihn gäbe es absolut keine Veranlassung, mir zu helfen. Ich war eine Deutsche und es war unrealistisch, auf sein

Mitgefühl zu hoffen. Dennoch gab es nur diesen einen Weg. Ich hörte auf die Geräusche im Haus, aber es blieb still. Also schlich ich mich hinunter in den Vorratsraum und hielt Ausschau, mit welchem Lebensmittel ich das Wohlwollen des Captains gewinnen konnte. Ich entschied mich für ein Stück geräucherten Schinkens, eine Kostbarkeit. Adalbert und Irmgard wären mit Sicherheit wütend, wenn sie den Verlust bemerkten. Doch ich nahm den Ärger in Kauf – sie hätten mir nie das Einverständnis dazu gegeben, den Schinken an einen Amerikaner zu verschenken. Ich packte ihn in eine Stofftasche und ging wieder ins Bett, ohne jedoch noch Schlaf finden zu können.

Am nächsten Morgen war ich wie der Wind aus dem Haus, packte die Tasche auf das Fahrrad und fuhr los. Auf dem Weg überlegte ich, wie ich das Gespräch beginnen könnte. Ich achtete wenig auf die mir schon vertraute Strecke. Aber dann nahm ich in einiger Ferne einen Schatten wahr, der sich zu bewegen schien. Ich verlangsamte mein Tempo, da ich mir nicht sicher war, ob es ein Mensch oder ein Tier war, das sich auf mich zubewegte. Um diese Tageszeit war ich in den vergangenen zwei Wochen keiner Menschenseele begegnet, erst wenn ich von der französischen in die amerikanische Besatzungszone wechselte. Feldhasen hatte ich oft gesehen, dafür war die Gestalt zu groß.

Ich beschloss, wieder schneller zu fahren und dem Ganzen keine Beachtung zu schenken. Als ich näher kam, erkannte ich eine Männergestalt, die trotz der warmen Temperatur einen Mantel trug. Der Mann blieb mitten auf dem Weg stehen und schaute in meine Richtung. Ich wäre am liebsten schon vorbei gewesen und trat kräftiger in die Pedale. Meine Arme lenkten das Rad nach rechts, der Mann folgte meiner Bewegung. Ich zog wieder nach links und der Mann folgte mir wieder. Es waren nur noch wenige Meter zwischen uns und es war klar, dass er mir den Weg versperren wollte.

Panik ergriff mich. Ich lenkte weit nach rechts, die Reifen kamen bereits vom Weg ab und ich hoffte, weit genug entfernt von ihm zu sein. Ich wagte nicht, zur Seite zu blicken, dann spürte ich die Berührung an meinem Arm. Mit einem kräftigen Ruck riss er mich vom Fahrrad herunter. Ich landete mit dem Gesicht nach unten auf dem Boden und für einen Moment blieb mir die Luft weg. Obwohl mir alle Glieder schmerzten, zwang ich mich, mich umzudrehen. Auch er war gestürzt, aber er sah nicht zu mir. Etwas anderes hatte seine Aufmerksamkeit auf sich gezogen. Der Schinken war aus der Tasche gefallen und lag auf dem Weg. Der Mann sah völlig verwahrlost aus. In einer ruckartigen Bewegung stand er auf, ergriff das Stück Fleisch und biss wie ein Besessener davon ab.

Das Fahrrad lag wenige Meter vor mir. Vorsichtig, ohne die Aufmerksamkeit des Mannes zu erregen, versuchte ich aufzustehen. Dann rannte ich. Packte das Rad und fuhr, so schnell ich konnte, davon. Nur einmal blickte ich zurück und sah den Mann immer noch an derselben Stelle stehen. Obwohl er mich offensichtlich nicht verfolgen wollte, fuhr ich in einem rasenden Tempo in die Stadt.

Als ich schließlich das Fahrrad am Bürogebäude der Amerikaner abstellte, begann ich zu zittern. Es war schon eher ein Schütteln. Ich sah an mir herunter. Rock und Bluse waren schmutzig, die Strümpfe zerrissen und meine Handflächen blutig.

Anstatt in den Raum zu gehen, in dem ich bisher die Fotografien gemacht hatte, ging ich direkt zum Büro des Captains. Ich betete insgeheim, ihn dort anzutreffen.

Auf mein Klopfen wurde sofort geantwortet. Ich trat ein und begann unvermittelt zu sprechen. »Wäre es für Sie möglich, einen Brief nach England zu senden?«

»Was ist mit Ihnen passiert?«, fragte er mich erschrocken.

»Es gab einen Zwischenfall auf dem Weg hierher. Aber das ist jetzt nicht wichtig. Ich würde gerne wissen, ob Sie einen Brief nach England schicken können?«

»Wieso?«

»Weil ich meinem Verlobten schreiben muss, dass ich noch lebe.« Das Zittern wurde wieder stärker, und ohne dass ich es noch kontrollieren konnte, liefen mir Tränen die Wangen hinunter.

Der Captain drückte mich sanft auf einen Stuhl und gab mir ein Taschentuch. Seiner Sekretärin rief er zu, mir ein Glas Wasser zu bringen.

»Ich wollte Ihnen ein Stück Schinken mitbringen, aber der wurde mir auf dem Weg hierher gestohlen.«

Er holte eine Flasche mit Alkohol aus seinem Schrank, tränkte damit ein Tuch und säuberte meine Schürfwunden. Während er damit beschäftigt war, ließ ich ihn keinen Moment aus den Augen. Wieso war er so barmherzig zu mir? Die Sekretärin reichte mir das Wasser und ich trank einen Schluck, aus Höflichkeit.

»Timmons soll die Dame nach Hause bringen«, sagte er zu ihr. An mich gewandt meinte er: »Bringen Sie den Brief morgen mit. Ich werde versuchen ihn weiterzuleiten.«

»Danke. Vielen Dank.«

Die Sekretärin schob mich zur Tür. Ich bekam kaum mit, wie das Fahrrad und ich eingeladen wurden. Der Fahrer verlangte Richtungsanweisungen, wir passierten die Zonengrenze. Meine Mutter stand vor dem Haus, als der Wagen vor dem Bauernhof hielt. Sie sah erschrocken aus. Ich stieg aus und dankte dem Fahrer.

Mutter fasste mich an den Händen. »Wie siehst du denn aus?«

Ich lächelte sie an. »Es ist jetzt alles in Ordnung.«

Kapitel 24

Ersingen, Juni 1945

Liebster Robert,
der Krieg ist aus! Ich kann es kaum glauben – meine Erinnerung an ein Leben ohne Krieg ist irgendwo in den hintersten Ecken meines Herzens vergraben. Ich bin sicher, dass ich diese mit Deiner Hilfe wiederentdecken kann. So viele Jahre sind wir nun schon getrennt und das ist der erste Brief an Dich, den ich nicht nur für mich in mein Tagebuch schreibe, sondern tatsächlich abschicken kann!
Ich hoffe so sehr, dass Du diesen schrecklichen Krieg unbeschadet überstanden hast. Unsere Familie ist klein geworden. Mein geliebter Bruder Jakob starb in einem Pflegeheim – vermutlich keines natürlichen Todes. Von meinem Vater haben wir zuletzt einige Monate vor Kriegsende gehört. Er war mit seiner Truppe auf dem Rückzug in Russland und wir wissen nicht, wie es ihm geht.
Mein Geliebter, Gott gebe, dass Du wohlauf bist. So sehr sehne ich mich nach einem Wiedersehen. Ich möchte in Deinen Armen liegen und vergessen, dass wir so lange getrennt waren.
Ich bin nicht mehr unter der alten Adresse zu erreichen. Unser Haus steht nicht mehr. Ach, von unserem geliebten Ulm ist nicht mehr viel geblieben. Wir sind zu den Verwandten aufs Land gezogen und werden dort vorerst auch bleiben.
Kannst Du Dich noch erinnern, wie wir in Berlin zusammen getanzt haben und uns geschworen haben, für immer einander zu gehören? Viel Zeit ist jetzt schon vergeudet, ich möchte so schnell als möglich zu Dir nach England kommen und an Deiner Seite leben. Mit Ulm sind nur

noch schlimme Erinnerungen verbunden, so dass ich all dem gern den Rücken kehre. Bitte schreib schnell!

In Liebe, Lena

Der Brief war unterwegs nach England. Und heute war mein vorerst letzter Arbeitstag. Ich stand zwar auf Abruf, falls die Amerikaner nochmals meine Dienste benötigten. Die Soldaten hatten mich am Abend zu einem Umtrunk in die Kantine eingeladen und ich freute mich darauf. Ich packte die Fotoausrüstung zurück an ihren Platz und ein Bedauern überkam mich, den Apparat zurücklassen zu müssen.

Als ich in die Kantine trat, hatte sich dort bereits ein lustiges Völkchen versammelt. Ich entdeckte die Sekretärin des Captains, die seit dem Vorfall im Büro immer besonders nett zu mir gewesen war. Rita winkte mich zu sich und ich war froh, nicht ganz allein unter den Männern zu sein.

Einer der Soldaten stellte mir ein Glas mit einer bräunlichen Flüssigkeit vor die Nase. »Prost.«

Ich hatte seit Jahren keinen Alkohol mehr getrunken, aber es schmeckte. Und ich freute mich auf die Wirkung. Heute Abend wollte ich endlich einmal wieder unbeschwert sein. Das Radio wurde lauter gedreht und wir begannen zu tanzen.

Nach einer Weile zeigte sich der Captain. Ich hatte gehofft, dass er kommen würde, und ging auf ihn zu. Aus meiner Tasche kramte ich nach einem Päckchen, das ich für ihn zusammengestellt hatte.

»Es ist leider kein Schinken, aber ich habe für Sie einen Kuchen gebacken. Und das ist auch für Sie.«

Er war sichtlich überrascht, als er den Kuchen und das kleine Päckchen entgegennahm. »Vielen Dank. Was ist das?« Er wickelte das Päckchen aus und sah auf eine Fotografie des Münsters.

Ich erinnerte mich an die Mittagspause, in der ich mit Ritas Erlaubnis den Fotoapparat mit nach draußen genommen und gehofft hatte, dass eine Aufnahme genügen würde, um einen gelungenen Abzug zu erhalten.

»Damit Sie eine Erinnerung an Ulm haben, wenn Sie zurück nach Amerika gehen.«

»Das ist schön. Wirklich. Werden Sie noch als Fotografin arbeiten, wenn Sie verheiratet sind?«

»Ganz bestimmt.«

»Bitte, tanzen Sie mit mir.«

Er führte mich zu den anderen Tanzpaaren. Ich kannte die Schritte nicht und hoffte, mich nicht allzu ungeschickt anzustellen.

»Ich weiß nicht viel über Sie. Haben Sie Geschwister, Magdalena?«

»Ja, ich hatte einen Bruder. Er ist kurz vor Kriegsende gestorben.«

»Das tut mir leid. Und Ihre Eltern?«

»Meine Mutter lebt mit mir auf dem Hof von Verwandten. Mein Vater ist vermisst.« Ich machte eine kurze Pause. »Und bei Ihnen, lebt Ihre ganze Familie in Amerika?«

»Ja. Ich habe eine Frau und einen zehn Jahre alten Sohn.«

Einer der Soldaten trat auf uns zu und bat, den Captain sprechen zu dürfen. Ich entfernte mich ein wenig. Der Captain kam dann noch einmal kurz zurück und berührte sanft meinen Arm.

»Hören Sie, Magdalena, ich muss mich leider verabschieden. Sobald ich Antwort auf Ihren Brief habe, melde ich mich bei Ihnen, versprochen.«

»Vielen Dank für alles. Auf Wiedersehen.«

Ich sah ihm nach, wie er aus der Tür verschwand. Kurz darauf verabschiedete ich mich auch von den anderen und fuhr nach Hause. Als ich an diesem Abend ins Bett kroch, war ich überzeugt, dass sich alles zum Guten wenden würde.

Nach nur einer Woche zurück auf dem Hof hatte der Arbeitsalltag mich wieder. Wir standen kurz vor der Erntezeit und es gab jede Menge zu tun. Maria und ich hatten körbeweise Kirschen gepflückt, die wir nun einwecken wollten. In der Küche trafen wir nur auf Eda. »Wo ist Mutter?«, fragte ich sie.

»Sie wollte heute Vormittag zum Friedhof fahren.«

Ich blickte auf die Uhr, es war kurz nach zwei. »Und sie ist noch nicht zurück?«

»Ich hab sie nicht gesehen.«

Das war merkwürdig. Ich lief nach draußen und schaute in den Schuppen. Das Rad war nicht da. Zurück in der Küche erwarteten mich zwei fragende Gesichter.

»Es wird ihr doch nichts passiert sein?«

Eda wurde plötzlich ganz umtriebig. »Maria kümmert sich um die Kirschen und wir beide sehen nach deiner Mutter.«

Die kleine Frau führte das Pferd aus dem Stall und spannte es vor den Wagen. Ich war erstaunt über ihre schnellen und sicheren Handgriffe. Sie hatte sie in ihrem Leben bestimmt unzählige Male gemacht. Da ich sie nie als aktive Bäuerin kennen gelernt hatte, sah ich ihr fasziniert zu.

»Na los, Mädel, hol mir meinen Ausweis. Er ist in der obersten Schublade meines Nachtschränkchens.«

Diese Frau war in ihrem hohen Alter noch so rege, dass ich nur staunen konnte.

Wir passierten die Zonengrenze und Eda trieb das Pferd schneller an. Vor dem Friedhofstor wendete sie den Wagen und band das Pferd an. Wir sahen von Weitem, dass meine Mutter neben Jakobs Grab im Gras kniete. Ich rannte auf sie zu, aber sie beachtete mich nicht. Sie war in sich gekehrt. Als ich ihre Schulter berührte, sah sie zu mir auf.

»Magda, Jakob ist bestimmt nicht eines natürlichen Todes gestorben.« Ihre Stimme war ausdruckslos. »Ich bin schuld an seinem Tod, weil ich wollte, dass er in dieses Heim geht. Wäre er bei uns geblieben, wäre er jetzt noch am Leben.«

Ich nahm sie in die Arme und streichelte ihren Kopf. »Du bist nicht für seinen Tod verantwortlich. Das darfst du nicht glauben. Schuld sind die, die auch unser Land in den Krieg getrieben haben. Und du bist die beste Mutter für ihn gewesen.«

Eda setzte sich zu uns ins Gras. Sie nahm Mutters Hand. »Ach, meine Kleine, es geht ihm jetzt viel besser, da, wo er ist. Du musst nicht traurig sein.«

Wir saßen eine Weile im Gras und keine von uns sprach ein Wort. Es war eine wunderbare Stille. Ich bildete mir ein, dass Jakob in diesem Augenblick bei uns war.

Irgendwann stand Eda auf. »Kommt, meine Mädchen. Maria braucht unsere Hilfe.«

Es war das Beste, was sie sagen konnte. Zum Alltag zurückkehren zu können, war eine Erleichterung. Ich sah Mutter an und ihr Gesicht wirkte viel entspannter. Als wäre eine Last von ihr gefallen. Wir hakten uns gegenseitig unter und liefen zum Wagen.

»Wie viele Körbe Kirschen habt ihr denn gepflückt?«, fragte Mutter.

Die Zeit verflog schnell, da wir alle viel zu tun hatten. Frieder bemühte sich sehr, dennoch konnte er nicht mehr so viele Arbeiten übernehmen wie vor seiner Verletzung. Also mussten wir Frauen noch härter anpacken.

Als ich eines Abends mit allen anderen in der Küche saß, wurde mir bewusst, dass bereits acht Wochen vergangen waren, seit ich den Brief abgegeben hatte. Ich hoffte sehr, dass er seinen Weg zu Robert gefunden hatte.

Adalbert schlug seine Zeitung zusammen und verließ die Küche. Er war wütend auf mich gewesen, als er herausgefunden hatte, dass ich ohne Erlaubnis einen Schinken entwendet hatte. Ich konnte ihn gut verstehen – er hatte unsere Familie ohne einen Ton der Klage aufgenommen; es musste für ihn auch nicht einfach sein, den Hof und uns alle durch diese schwierigen Zeiten zu bringen. Ich wünschte nicht nur für Mutter und mich, dass Vater zurückkäme, um Adalbert unter die Arme zu greifen.

Maria, die damit beschäftigt war, ein Loch in ihrer Schürze zu flicken, begann ein Gedicht zu rezitieren:

Dies ist ein Herbsttag, wie ich keinen sah!
Die Luft ist still, als atmete man kaum,
und dennoch fallen raschelnd, fern und nah,
die schönsten Früchte ab von jedem Baum.
O stört sie nicht, die Feier der Natur!
Dies ist die Lese, die sie selber hält,
denn heute löst sich von den Zweigen nur,
was vor dem milden Strahl der Sonne fällt.

Wir hatten alle aufgesehen und ihren Worten gelauscht.

Besonders Frieder schaute seine Maria voller Zuneigung an. »Von wem ist das?«, fragte er.

»Hebbel. Ist schon lange her, dass ich das in der Schule gelernt habe. Aber mir hat es so gut gefallen und deshalb konnte ich es mir merken.«

Nach einer weiteren Stunde in der warmen, gemütlichen Küche fielen mir beinahe die Augen zu und ich wünschte allen eine gute Nachtruhe. Während ich den Zopf in meinen Haaren löste, dachte ich daran, wie friedlich und harmonisch das Leben geworden war. Als wäre der Krieg nur ein schlimmer Alptraum gewesen. Ich merkte, wie meine Hoffnung in den letzten Monaten stetig gewachsen war. Es war immer noch warm in meiner Stube. Ich streckte beide Füße unter der Bettdecke hervor und ließ mich in den Schlaf gleiten.

Mit ganzer Kraft schrubbte ich die Reste des Mittagessens vom Boden des Topfes ab und strich mir mit dem Unterarm über die feuchte Stirn. Ich kämpfte regelrecht gegen die angebrannten Stellen, als ich ein Motorengeräusch hörte. Der Topf glitt mir aus den Händen und landete mit großen Spritzern im Becken. Mit wenigen Schritten war ich am Fenster und sah den Captain aus dem Jeep aussteigen. Er war persönlich gekommen. Mein Herz klopfte vor Aufregung. Ich rannte nach draußen und begrüßte ihn.

»Magdalena. Wie geht es Ihnen? Ich habe einen Brief für Sie.« Er griff in seine Jackeninnentasche und gab mir den Brief.

Meine Hand zitterte und er hielt sie für einen Moment fest. »Hören Sie, Magdalena, ich wünsche Ihnen, dass ich der Überbringer von guten Nachrichten bin. Aber wie immer die Mitteilung ausfallen wird, Sie können sich jederzeit an mich wenden. In Ordnung?«

»Ja. Ich weiß nicht, wie ich Ihnen jemals danken soll. Möchten Sie hereinkommen?«

»Nein, vielen Dank, Magdalena. Ich muss weiter. Aber vergessen Sie nicht, was ich Ihnen gesagt habe. Auf Wiedersehen und einen Gruß an Ihre Familie.«

Ich sah dem davonfahrenden Auto nach und begann zu rennen. Am Rand einer Wiese blieb ich schließlich stehen und lehnte mich an einen Baum. Ich lockerte den Griff um den Brief, den ich während des Rennens an meine Brust gepresst hatte. Es war nicht Roberts Schrift auf dem Umschlag. Das war kein gutes Zeichen, sagte ich mir. Aber mein kleiner Hoffnungsengel flüsterte mir ins Ohr, dass Robert vielleicht noch in Gefangenschaft war oder verwundet und daher nicht selbst schreiben konnte.

Ja, so war es, bestätigte ich mir und öffnete mit heftigem Herzklopfen den Brief.

Liebe Lena,
vor mir auf dem Schreibtisch liegen zwei ungeöffnete Briefe an Dich. Ich hoffe, Du verzeihst mir, dass ich den an Robert adressierten Brief von Dir geöffnet habe. Wie gerne würde ich Dich als Schwiegertochter in meine Arme schließen.
Unser geliebter Robert ist eines der vielen Opfer dieses furchtbaren Krieges geworden. Er starb beim Kampf um Narvik in Norwegen im April 1940.
Liebste Lena, es tut mir unendlich leid, Dir keine andere Nachricht zukommen lassen zu können. Für mich als Mutter war es schrecklich, meinen Sohn zu verlieren. Ich vermag mir nur schwer vorzustellen, wie sich der Verlust für Dich anfühlen muss. Du hast all die langen Kriegs-

jahre in der Hoffnung auf ein gemeinsames Leben mit Robert überstanden.
Ich bitte Dich nun, nicht aufzugeben. Sei eine tapfere Kämpferin wie bisher und glaube mir, dass auch aus Ruinen wieder etwas wachsen kann.
Bitte schreibe mir, ob ich Dir Roberts Briefe zusenden soll. Oder willst Du sie persönlich abholen? Du bist in unserer Familie herzlich willkommen und ich wäre glücklich, Dich endlich persönlich kennen lernen zu können. Du weißt gar nicht, wie oft Robert mit uns am Küchentisch saß und uns von Ulm und seiner zauberhaften Begleiterin vorgeschwärmt hat! Das Schicksal hat euch grausam mitgespielt, euch in solch einer Zeit jung sein zu lassen.

Sei umarmt,
Irene Avendor

Langsam ließ ich mich an dem Baum nach unten gleiten. Ich saß im Gras, streckte die Beine von mir, den Baum im Rücken. Das Gras kitzelte meine Beine, mein Blick ging in die Ferne. Es war ein wunderschöner Spätsommertag und mir wurden plötzlich die Geräusche der Natur um mich herum bewusst. Die Schönheit bewundernd, konnte ich nicht glauben, dass es je einen Krieg gegeben hatte. Ja, es war alles eine große Lüge gewesen. In mir wurde es plötzlich so still, dass ich selbst das Fallen meiner Tränen, die auf meine Bluse tropften, hören konnte. Eine große Lüge – eine liebende, kämpfende, nach Leben hungernde Magdalena Jörger hatte es nie gegeben.

Den Weg nach Hause nahm ich nicht bewusst wahr. Als ich in die Küche trat, bemerkte ich sofort, dass meine Mutter das Geschirr aufgeräumt und den Boden trocken gewischt hatte. Sie saß am Küchentisch, ein Glas Milch vor sich. Mutter hob den Kopf und wagte nur zaghaft einen fragenden Blick.

»Er ist tot«, entgegnete ich auf die stumme Frage. »1940 in Norwegen gefallen.«

Meine Mutter erhob sich und bewegte sich in meine Richtung. Mit erhobener Hand wehrte ich jeden Versuch des Trostes ab. Mit der anderen Hand packte ich den Korb und ging nach draußen, um die Wäsche hereinzuholen, die ich am Morgen draußen auf die Leine gehängt hatte.

Mein liebster Robert,
heute Nacht bin ich Dir noch einmal begegnet. Es war so real, dass ich jetzt, im Wachzustand, kaum den Unterschied zu nennen vermag.
Du hast die Arme um mich gelegt und ich ließ meinen Kopf an Deiner Schulter ruhen. Es war ein Gefühl des Friedens. Ich hätte mir nie vorstellen können, einsamer zu sein, als ich erwachte und mir die Wirklichkeit der kleinen Schlafkammer bewusst wurde.
So oft habe ich mir unser Wiedersehen ausgemalt. Immer in einer englischen Landschaft, so, wie ich mir Fleetwood vorstellte, das für mich friedlich und unberührt von Krieg und Schrecken geblieben war. Die Begegnung mit Deiner Familie, die mich als Tochter bei sich aufnimmt.
Die Sorge um Dich hat mich ausgelaugt. Oder war es ebendiese Hoffnung auf ein glückliches Leben mit Dir? Mein Wunsch, der so zerbrechlich war und den ich versuchte, durch Bombennächte und Hunger zu bringen? Nun fühle ich mich, als hätte man mir mein Kind geraubt – aber ich spüre keinen Schmerz, nur ein Gefühl der Taubheit.
Ich möchte mich noch einmal an den Tanz in der Oper in Berlin erinnern, bevor ich alles ganz tief in mir verschließe. Du hast mir die Worte der Hauptarie ins Ohr geflüstert und hinzugefügt, dass unsere Liebe nicht so tragisch wie in der Oper enden würde, sondern dass Du mich bereits als ergraute Frau umringt von unseren Enkelkindern sehen könntest. Ich war in dem Moment so glücklich, dass mir Tränen in die Augen traten.

Ich habe Angst, Dir nie wirklich gesagt zu haben, was ich für Dich empfinde. Es fiel mir schwer, Worte dafür zu finden. Lieber hätte ich eine Fotografie von meinen Gefühlen gemacht und sie dir gezeigt. So, so sieht es in mir aus, da siehst Du es! Mein Herz ist voll von Dir. Und da es so voll ist, wird es auch weiterschlagen. Und Dich immer lieben. Ewig. Dein.

Lena

Liebe Irene,
wie gerne wäre ich ein Teil eurer Familie geworden. Der Krieg ist vorbei und doch geht das Kämpfen im Alltag weiter. Aber es fühlt sich jetzt alles so leicht an. Die Sorgen, die Ungewissheit um Robert oder um meinen Bruder, sie sind jetzt weg und an ihre Stelle ist eine Leere getreten, die im Moment so ungreifbar für mich ist, dass es wirklich fast schon erleichternd ist.
Bitte lass Roberts Briefe, wo sie sind. Ich werde sie mir persönlich abholen, auch wenn ich nicht sagen kann, wann.

Magdalena

Epilog

Irene Avendor schenkt mir eine zweite Tasse Tee ein. Sie hat mir eine Tassenlänge Zeit gegeben, um mich bei meiner Reisebeschreibung wieder beruhigen zu können. Nun geht sie in den hinteren Teil des Zimmers und öffnet eine Schublade ihres Schreibtisches. Ich beobachte ihre Bewegungen, die mir wie in Zeitlupe vorkommen. Sie hält ein dunkelblaues Stofftäschchen in der Hand, als sie sich wieder mir gegenübersetzt.

»Das sind die Briefe, die Robert an dich geschrieben, aber an uns adressiert hat, weil er ja nicht nach Deutschland schreiben konnte. Ich weiß nicht, wie er sich vorgestellt hat, dass du sie zu lesen bekommst. Vielleicht hat er nur einen Ausdruck gesucht, mit dir in Kontakt zu bleiben, auch wenn es natürlich nur einseitig war.«

Sie macht eine Pause. Womöglich ist sie in einer Erinnerung gefangen. Jedenfalls scheint sie noch nicht bereit, die Briefe herauszugeben.

»Aus den Briefen, die er an uns geschrieben hat, weiß ich, dass er sehr darunter gelitten hat, dass ihr durch den Kriegsausbruch so jäh getrennt wurdet. Er hatte sich gewünscht, dass ihr die Hochzeit nicht so lange verschoben hättet.« Langsam lösen sich ihre Finger von der blauen, schützenden Hülle und geben frei, was so lange im Verborgenen geblieben war. »Vielleicht möchtest du etwas spazieren gehen, solange ich das Abendessen vorbereite?«

»Ja, das möchte ich. Kannst du mir bitte erklären, wo ich den Apfelbaum finde, an dem Robert immer auf seinem Schulweg vorbeikam? Er hat mir davon erzählt.«

Mit der Beschreibung des Weges durch die Kleinstadt im Kopf begebe ich mich auf weitere Spuren von Robert. Der Ort wirkt freundlich und ich stelle mir für einen Moment vor, hier zu leben. Aber dann verwischt sich die Vorstellung. Ich sehe den Baum bereits aus einiger Entfernung, er steht auf einer kleinen Anhöhe. Darunter steht eine Bank, auf die ich mich setze. Ich rufe mir den Geschmack des Apfels vom Morgen ins Gedächtnis und nehme einen tiefen Atemzug. Langsam greife ich in das Innere des blauen Beutels und ziehe dessen Inhalt heraus. Zwei Briefe sind es. Es gibt mir einen kleinen Stich in der Bauchgegend, als ich Roberts Handschrift darauf erkenne. Ehrfürchtig beuge ich meinen Kopf und rieche an dem Papier, doch es gibt keinen Duft, der an Robert erinnert. Vorsichtig öffne ich einen der Briefe und befreie ihn aus seinem schützenden Umschlag.

September 1939

Geliebte Lena,
ich bin wie versteinert durch die Nachricht, dass es Krieg zwischen unseren beiden Ländern geben soll. Vor zwei Wochen wurden alle jungen Männer in Fleetwood eingezogen und sollen nun gegen ein Volk kämpfen, das ich so sehr liebe und doch auch selbst bin. Wie konnten es die Mächtigen so weit kommen lassen?
Aber was klage ich an? Haben wir nicht selbst zu lange gezögert, zu lange gehofft, alles könnte sich zum Guten wenden? Wie sehr würde ich mir wünschen, dich jetzt in Fleetwood bei meiner Familie zu wissen. Meine Frau, die auf meine Rückkehr wartet. Ich weiß nicht, wann Dich dieser Brief erreichen wird, aber bitte versprich mir, nicht den Mut zu verlieren. Ich weiß, dass wir uns wiedersehen werden, auch wenn es unsicher ist, wann. Du musst stark bleiben und gut auf Dich aufpassen. In Gedanken bin ich immer bei Dir und beschütze Dich,

Dein Dich liebender Robert

Er war sich sicher gewesen, dass wir uns wiedersehen würden. Oder er hatte wie ich so sehr darauf gehofft. Ich warte einen Moment, bis ich den zweiten Brief öffne. Versuche das Meer zu riechen. Zwei Lebenszeichen von ihm, was bedeutete das? Hat er nur zwei Mal an mich gedacht? Nein, er hat wohl gewusst, dass die Briefe mich nicht erreichen werden. Und doch war es ihm wichtig, mir wenigstens etwas mitteilen zu können.

April 1940

Liebste Lena,
es ist so kalt hier in Norwegen und nach einem langen Winter begreife ich allmählich, was Krieg bedeutet. Getrennt zu sein von seinen Liebsten, während man selbst weit weg jeden Tag über sein Schicksal rätseln muss, ob es einen leben lässt oder ob der Tod auf einen wartet. Zu viele Kameraden habe ich schon sterben sehen. Junge Männer, die ihr Leben noch gar nicht auskosten konnten. Ich habe Angst, dass ich zu ihnen gehören könnte und es nicht zu dir zurückschaffen werde. Welche Ironie, nicht wahr? In meinem letzten Brief habe ich Dich beschworen, den Mut nicht zu verlieren, und nun siehst Du meinen sinken. Es gibt hier nichts Schönes und meine Erinnerungen an zuhause und an mein Leben mit Dir beginnen mich zu quälen. Aber dann besinne ich mich, denke, dass Du mir Mut zusprechen würdest, nicht aufzugeben, stark zu bleiben. Du musst es ja auch. Ich kann mir nicht vorstellen, wie das Leben für Dich und deine Familie nun in Ulm sein muss. Ich wünsche mir, dass Du Arbeit als Fotografin gefunden hast und viele Bilder machst, die Du mir dann später zeigen kannst. Illustrationen aus der Zeit, in der wir getrennt waren. Ich werde dann besser verstehen können. Manchmal, wenn ich nachts nicht einschlafen kann, stelle ich mir vor, dass diese kalte Realität in Norwegen nur ein Traum ist, ein schlimmer Traum, aus dem ich aber aufwachen kann. Die Wirklichkeit ist das Leben mit Dir. Und ich muss nur noch ein wenig mehr im Traumland verharren, bis

ich wieder mit Dir zusammen sein kann. Du siehst, Du bist mein Leben und ich liebe Dich.

Robert

Ich blicke in den Ort hinunter. Eine Mutter kommt mit ihren beiden Kindern an der Bank vorbei. Als sie außer Sichtweite sind, suche ich mir einen handgroßen Stein mit einer spitzen Kante. Ich finde eine weiche Stelle unter dem Baum und beginne, die Rasennarbe zu entfernen. Dann grabe ich mithilfe des Steins ein Loch. Am Anfang ist es schwierig, die Erde fällt immer zurück in das Stück, das ich gerade freigeschaufelt habe. Aber ich arbeite weiter, ohne müde zu werden. Nach einer Weile habe ich ein kleines, rechteckiges Loch geschaffen. Ich krame in meiner Tasche und hole ein gebündeltes Päckchen Papier hervor. Es sind alle Briefe, die ich an Robert geschrieben habe. Ich hatte die Seiten aus meinem Tagebuch geschnitten und fein säuberlich zusammengefaltet. Vorsichtig lege ich das Päckchen in das Loch. Auf meine Briefe bette ich die seinen. Ich greife noch einmal in meine Tasche und hole die Fotos hervor, die entstanden sind, als ein Leben mit Robert noch möglich schien. Zuoberst liegt das schon etwas zerknitterte Bild von Robert und mir, aufgenommen an seinem letzten Tag in Ulm. Ich nehme es an mich, trenne es von seinen Gefährten, die ebenfalls ihren Weg in das Loch finden. Das eine Foto schiebe ich in meine Rocktasche und dann beginne ich, wieder Erde in das Loch zu schaufeln. Als ich damit fertig bin, nehme ich einen Bleistift und zeichne auf den Stein: »Robert und Magdalena 1939.« Den Stein lege ich auf die verletzte Stelle im Gras. Ich verweile noch einen Augenblick und trete dann den Heimweg an, zurück nach Deutschland, mit einem kleinen Umweg über Roberts Elternhaus.

Irene ist noch in der Küche beschäftigt, als ich zurückkomme. Ich frage sie, ob ich ihr helfen kann, und sie schiebt mir Kartoffeln zum Schälen hin.

»Hast du dich verabschiedet, Liebes?«

Ich nicke und greife mir eine Kartoffel. Sie begreift und schneidet ein anderes Thema an. »Wie ist es dir ergangen nach dem Krieg, leben deine Eltern noch?«

»Ja.« Ich lächle. »Es geht ihnen gut.« Die Erinnerungen kommen zurück. Neun Monate nach Kriegsende sehe ich meinen Vater plötzlich in der Küchentür stehen, abgemagert, aber ganz eindeutig noch Vater. Mutter schreit, springt auf und fällt ihm in die Arme. Einer der wenigen Momente, in denen ich meine Mutter so emotional gesehen habe. Die ersten beiden Nachkriegsjahre haben wir auf dem Hof verbracht, bis Vater sich wieder etwas in der Stadt aufbauen konnte. Vater war schockiert, als er von Jakobs Tod erfuhr. Ganz alleine wollte er auf den Friedhof, um Jakobs Grab zu besuchen. Ich weiß bis heute nicht, was in ihm vorgegangen ist, als ihm klar wurde, dass die Nationalsozialisten, für die er einmal so viel Bewunderung gehegt hatte, vermutlich die Verantwortung für den Tod seines Sohnes trugen.

»Und jetzt arbeitest du wieder als Fotografin?« Irene holt mich aus meinen Erinnerungen.

»Ja. Walter und ich sind dabei, uns gemeinsam ein Geschäft aufzubauen.«

»Das ist wunderbar. Und Walter, er ist dein Verlobter?«

Ich nicke, denke, dass ich ihr mehr als das schulde, und versuche zu erklären. »Ich habe Robert so sehr geliebt. Lange Zeit hatte ich Angst, wieder jemanden näher an mich heranzulassen. Die Liebe zu Robert war so präsent und ich konnte mir nicht vorstellen, für einen anderen auch nur ansatzweise etwas Ähnliches empfinden zu können. Es schien mir geradezu egoistisch, mich auf das Werben eines anderen Mannes einzulassen, dem ich doch nie die gleiche Achtung und Zuneigung entgegenbringen konnte, wie er sie mir entgegenbrachte.

Und doch, nun gibt es Walter. Er ist ein lieber Mensch. Er hat sehr viel Geduld mit mir bewiesen. Es ist ganz anders als mit Robert. Er akzeptiert ...«, es fällt mir schwer, es auszusprechen. »Er hat nicht diese Erwartungen einer großen, romantischen Liebe, was mich sehr beruhigt. Ich fühle mich bei ihm geborgen.«

»Und ihr werdet heiraten, sobald du zurück in Deutschland bist?«, fragt mich Irene.

»Das werden wir.«

»Das ist gut. Du bist noch jung und solltest dich freuen auf die Erfahrungen, die vor dir liegen.« Irene lächelt. »Es ist ein Abenteuer, das Leben.« Sie blickt aus dem Fenster.

»Danke.«

Irene sieht mich erstaunt an. »Wofür?«

»Für alles. Für deine Art mich anzunehmen.«

Seit ich in Frankreich in den Nachtzug gestiegen bin, habe ich fast die ganze Strecke geschlafen. Die Reise war gut und notwendig, aber auch anstrengend. Als der Zug aus dem Stuttgarter Hauptbahnhof fährt, kann ich endlich beginnen, mein Tagebuch zu füllen. Die Worte sprudeln aus mir heraus und ich ärgere mich, nicht schneller schreiben zu können.

Zwei Minuten bevor der Zug in Ulm ankommt, sehe ich aus dem Fenster und erblicke ihn. Den Münsterturm, der alles überragt und ein Symbol meiner Heimat, meiner Hoffnung und Zuversicht geworden ist. So vieles hat er gesehen, durch all die Jahrhunderte hinweg, und er steht noch immer.

Ich schlüpfe in meinen Mantel, nehme den Koffer und gehe zur Ausgangstür. Ich habe weniger Gepäck als zuvor. Mein Herz ist leicht. Als der Zug in den Bahnhof einfährt, sehe ich Walter bereits am Gleis stehen. Er wartet mit einer Blume in der Hand auf mich. Der Schaffner öffnet die Türen und macht den Weg frei. Ich winke und laufe Walter entgegen, meiner Zukunft. Voller Erwartung, was sie bringen mag.

Nachwort

Wie kommt eine Figur wie Magdalena zustande? Inspiriert durch Gespräche mit Zeitzeugen der Kriegsgeneration, wollte ich meine Geschichte in dieser Zeit ansiedeln. Irgendwann war eine Idee von ihr da, nur ein Hauch, der sich immer mehr konkretisiert hat, von den Menschen und Ereignissen, die sie geprägt haben.

Nach viel Recherche stand das Grundgerüst und der Prozess des Schreibens war meistens sehr spannend, aber an wenigen Stellen auch viel schwieriger, als ich dachte. Wie schwer ist es mir gefallen, Jakobs tragisches Ende zu schreiben! Alles in mir drängte nach einem guten Ausgang für ihn. Aber es war mir auch klar, dass ich diesem Wunsch nicht nachgeben konnte. Für wie viele Menschen gab es in dieser Zeit kein glückliches Ende?

Für die Friedensgenerationen, zu denen ich auch zähle, sind die Schrecken des Krieges nicht wirklich greifbar, auch wenn man sich noch so sehr mit diesem Thema auseinandersetzt. Nach all diesem Unbeschreibbaren weiterzumachen, erfordert viel Stärke. Ich wollte mit Magdalena eine Person zeigen, die in dieser Zeit erwachsen wird und in ihrem persönlichen Rahmen, nicht in einem größeren politischen, versucht, ihre Menschlichkeit zu bewahren.

An dieser Stelle möchte ich meinen Dank aussprechen.

Meinen Eltern, für ihre fortwährende Unterstützung. Mein Vater ist mein erster Leser und ich schätze sein Feedback, seine Hilfe und seine Ermutigung sehr – ob es im Entstehungsprozess bei einzelnen Kapiteln oder nach Fertigstellung der Geschichte war.

Meiner Freundin Charlotte, die als Zweite die Geschichte gelesen hat und mich auch angeregt hat, das Manuskript an einen Verlag zu senden, und immer wieder nachgehakt hat, bis ich endlich den Mut dazu gefunden hatte.

Meiner Schreibgruppe in Berlin, unter der engagierten Leitung von Sabine. Diese Zeit war sehr lehrreich und spannend für mich. Die Montagabende mit euch habe ich immer sehr genossen.

Den Mitarbeitern des Verlags, nicht nur für diese wundervolle Chance, sondern auch für die Freundlichkeit und die gute Zusammenarbeit.

Und natürlich meinem Freund, der mir immer Zeit fürs Schreiben einräumt, mit dem ich über Plausibilität diskutiere und der mir vor allem bei den militärischen Fragen weiterhelfen konnte.

Wolfgang Stahnke
Margarete
Roman
Silberburg-Verlag